New York
sans New York

Philippe Delerm

New York sans New York

Éditions du Seuil
57, rue Gaston-Tessier, Paris XIXe

IL A ÉTÉ TIRÉ DE CET OUVRAGE TRENTE EXEMPLAIRES
DONT VINGT-CINQ EXEMPLAIRES DE VENTE
ET CINQ HORS COMMERCE NUMÉROTÉS DE H.C. I À H.C. V
CONSTITUANT L'ÉDITION ORIGINALE

ISBN 978-2-02-134290-1 (éd. brochée)
ISBN 978-2-02-149756-4 (éd. de luxe)

www.seuil.com

Skyline. Un nom composé au départ, mais le tiret est tombé. Pour davantage de fluidité, de légèreté, pour épouser encore mieux une image mentale. On voit le mot dans des magazines, à propos d'une terrasse d'hôtel dans Brooklyn, d'une baie vitrée dans l'appartement d'un designer : « une vue imprenable sur la *skyline* de Manhattan ». Et la photo confirme le concept. C'est beaucoup plus qu'un point de vue. Et pas un paysage. La structure dentelée d'une idée de l'immensité. Rien à voir avec les vues panoramiques les plus parfaites d'un désert, d'une chaîne de montagnes ou du canyon du Colorado. C'est pourtant aussi désertique a priori, aussi parfaitement dépeuplé. Des centaines de gratte-ciel et de tours échelonnés, où l'on n'essaie même plus d'identifier l'un ou l'autre, ça serait aussi réducteur que la science imposée de reconnaître les noms des constellations, les soirs d'été. Car il s'agit beaucoup de ciel. *Skyline*. Tout ce que les hommes ont élevé dans la plus grande ville du monde, c'était pour construire le ciel. Tout le vacarme, toute la rumeur, toute la pollution pour atteindre la pureté.

Skyline. Un mot parfait pour combler le désir. Une paix mystérieuse, étrangement venue de cette possession virtuelle de millions de vies bousculées, frénétiques, chacune d'elles obsédée par la conscience d'être dans New York, d'être New York. Pourquoi le ciel est-il plus grand d'être tant tutoyé ? Le mot *sky scraper* ne convient pas vraiment, tellement trop familier. Il ne s'agit pas d'écorcher le ciel, mais de l'apprivoiser, et plus encore de l'inventer. Bien sûr, la largeur maritime de l'Hudson compte aussi, la présence invisible de l'Atlantique tout au bout. Mais c'est surtout la ligne dessinée d'un graphisme parfait unissant tous les décalages, les contraires. C'est si tranquille, pacifiant, si immobile avec en soi la folie de tous les mouvements. *Skyline*.

J'en trouve de temps en temps dans les brocantes. Des gravures pour l'école des années 1950 qui m'attirent invinciblement. Pour beaucoup d'entre elles, je les ai eues sous les yeux aux murs des salles de classe où j'ai suivi le cours préparatoire et les deux cours élémentaires. Après, mine de rien, on en venait davantage à l'abstraction. Mais à six, sept ou huit ans, les instituteurs nous faisaient parler sur ces images. Ce n'était plus le déchiffrage de syllabes, de mots et de phrases, mais une autre forme de lecture. Lecture du monde proche ou lointain. Un même paysage de campagne au fil des saisons, avec des champs, un canal, un pont au loin. L'été était radieux. Comme une première phrase de chapitre du *Club des cinq* : « Le lendemain était un jour radieux. » Pour l'automne, l'illustrateur n'y allait pas de main morte avec les bourrasques de pluie, et pour l'hiver avec la neige. Les choses sont les choses et elles ne le sont pas. Cela ressemblait davantage à une rêverie qu'à une leçon. Entre deux séances de commentaires dirigés, l'instituteur laissait l'image au mur, dans un cadre de bois blanc où il pouvait glisser une scène nouvelle. *Un carrefour de ville*. Il y avait un autobus vert et crème comme on n'en voyait pas dans mon village, un kiosque à journaux, un cinéma, et Bambi sur l'affiche – un détail qui m'impressionnait, car on m'avait emmené voir le film à Vaucresson quelques mois auparavant, et, du coup, tout le langage des cartes Rossignol prenait une authenticité, une modernité, une conformité à mon univers stupéfiantes. En m'approchant, je pouvais lire en bas des gravures : « Éditions Rossignol – Montmorillon (Vienne) ».

Oui, c'était bien mon temps, et c'était bien ma vie. Ma vie en mieux, avec une paix délicieuse dans l'image du jardin, où l'on pouvait cueillir des cerises à l'infini, tout près d'un jardinier et d'une jardinière qui ne se disputeraient jamais. Pour la géographie, la découverte du monde, la même ligne claire, le même graphisme net et sûr m'emmenaient parfois très loin sans que la paix des choses soit remise en cause. La gravure était réversible. Ainsi celle qui proposait d'un côté un campement de pasteurs nomades, avec leurs tentes, leurs chèvres, leurs chameaux, affichait au verso *Un quartier de gratte-ciel.* Une de mes futures belles prises de brocante, car je gardais un souvenir particulier de ce tableau. Mais ma plus belle conquête d'adulte reste celle du cadre amovible où l'on peut insérer les images. Les sept ou huit parlantes, précieuses, reconnues, retrouvées – *Un bureau de poste, Un carrefour de ville, Une cour de ferme, Un jardin potager, Un restaurant, Un quartier de gratte-ciel* –, dorment toutes dans le cadre, tout près de mon bureau, et je peux les faire apparaître à tour de rôle sans atténuer l'intensité de vie rêvée qu'elles ont gardée. Peut-être plus fortes encore qu'autrefois, car elles ne sont plus entamées par le didactisme imposé, le partage obligatoire avec les autres.

Un quartier de gratte-ciel. L'article indéfini est toute une poésie en soi. C'est l'Amérique, évidemment, mais *une* Amérique, à la fois indécise et générale, toute l'Amérique. Je ne me rappelle pas si Monsieur Brachet, mon instituteur au CE2, nous avait indiqué qu'il s'agissait de New York. C'était de toute façon davantage qu'une ville, une façon d'être et un monde tellement sidérants que seul le nom d'Amérique pouvait les contenir. Une vue plongeante, vertigineuse – on avait le sentiment d'être soi-même en haut d'un gratte-ciel. Au centre, un conglomérat d'immeubles à dominante rectangulaire, dominés par une tour beaucoup plus haute et élancée que les autres, coiffée d'un toit pointu comme un clocher d'église. À l'arrière-plan, sur fond bleu de mer, une vie maritime, des bateaux dans tous les sens, des entrepôts tout en longueur, et même une île entièrement bâtie. Le sillage blanc des embarcations donnait une sensation d'activité, mais de sérénité aussi, les bateaux se croisaient sans se frôler. Devant, tout en bas, un bout de parc étrange, un bassin, des pelouses, et une large allée piétonne ceinturant le jardin. Des piétons minuscules y déambulaient, à peine figurés par le dessin, silhouettes sombres que ne commandait aucune effervescence, tant ils suivaient docilement la courbe entre le parc et les tours. On m'avait emmené à la tour Eiffel cette année-là, et en voyant à mes pieds les autos depuis le deuxième étage, j'avais demandé si en redescendant on pourrait m'acheter une de ces voitures miniatures. Mais sur la gravure du quartier de gratte-ciel, les autos étaient infiniment plus petites encore, et, comme les passants, semblaient figurer là pour souligner la prodigieuse taille des immeubles.

C'est drôle. Le vrai monde est celui des images et des livres. À quarante ans d'écart, j'ai déniché dans une brocante normande mon Amérique du CE2. Mais c'est seulement l'an dernier que j'ai découvert *New York in Photographs*, edited by William Cole and Julia Calmore, Simon and Schuster, New York, 1961. Un album en noir et blanc, très sobre et graphique. Sur la couverture, un effet de relief : des gratte-ciel noirs esquissés, dentelés, sur fond de gris moucheté. 1961. Quatre ans après mon CE2. Mais la photo n° 143, légendée *The Woolworth Building*, date forcément d'avant. Car la photo *c'est* mon image, ou plutôt mon image c'est la photo. Rigoureusement le même angle, les mêmes immeubles, la même plongée, les mêmes passants, les mêmes autos, les mêmes bateaux. L'illustrateur des éditions pédagogiques Rossignol n'aura probablement jamais mis les pieds à New York. Il a transposé à l'identique – augmenté seulement le vertige. Où il n'y avait que noir et blanc un peu éteints il a mis tout en couleurs, en belles couleurs élégantes et mates de ces années 1950 où j'ai rêvé New York sans savoir que c'était New York.

Depuis, j'ai appris des détails qui prennent un volume singulier, riches de tout ce temps passé à vivre avec l'image. Le Woolworth Building, construit en 1913, mesure deux cent quarante et un mètres. Il domine City Hall Park, à quelques encablures de la mairie, le long de Broadway. Plus haut édifice habité du monde jusqu'en 1929, le Woolworth incarne le renouveau de l'architecture new-yorkaise du début du siècle.

Du début du siècle. Du début du siècle dernier. Il y a des choses dans les choses. New York dans un quartier de gratte-ciel à inventer.

New-yorkais. Je me surprends à employer cet adjectif sans jamais être allé voir la Grosse Pomme. Je qualifie de new-yorkaise l'esthétique de la Grande Galerie de l'évolution du Jardin des Plantes à Paris. Par là, j'entends contemporaine, plutôt nocturne, avec une lumière sophistiquée dans les ors et les bruns. Élégante d'une élégance qui tiendrait également de la culture danoise – mais dans new-yorkaise, je mets *danoise* aussi, sensible au raffinement décoratif dans l'épure d'une technologie moderne et intimiste. C'est sûrement un peu trop valorisant d'employer new-yorkais dans ce sens. J'imagine bien que les boutiques de luxe de la Cinquième Avenue doivent bénéficier à présent d'une standardisation mondiale. Mais c'est ce que j'entends dans des mots comme MoMA, une touche de respect dans la bouche de ceux qui prononcent ce mot. Pas le même respect que celui dévolu à Rijksmuseum ou à Tate Gallery. Un respect d'assimilation de la culture au cœur de ce que la planète a de plus trépidant. Museum of Modern Art. Comme partout sur la terre, l'art est sans doute à New York l'affaire des bourgeois, l'affaire des gens qui veulent révérer ce qu'ils n'ont pas, la petite étincelle dont dans un même élan ils revendiquent le manque en eux, l'absence dans leur vie quotidienne et l'admiration obligatoire dans les musées.

Mais il y a une grande différence. À New York, quand vous sortez du MoMA ou quand vous venez de manger un hamburger au Shake Shack, à l'ombre des grands arbres du Madison Square Park, vous n'êtes pas dans une ville mais dans *la* ville. C'est une idée qui justifie votre présence, mais dont vous sentez en même temps qu'elle aurait été plus facile à préserver si vous n'étiez pas venu. Cela aurait évité le désagrément de vous être senti un peu floué par une performance au MoMA, ou bien d'avoir trouvé désagréables vos voisins de table au Shake Shack. Aller à New York, c'est forcément la comparer à d'autres villes, ou même trouver qu'elle est incomparable, ce qui procède déjà d'une attitude comparative.

New York est *la* ville. Toutes les mégapoles moyen-orientales ne seront jamais à côté d'elle que des gadgets en toc, et même Pékin, Tokyo, Moscou ne peuvent prétendre à l'article défini. C'est une royauté un peu effrayante, dépourvue du charme de l'ancien profond, mais c'est ainsi. Londres et Paris sont deux villes fascinantes, mais New York est *la* ville. Ne pas aller à New York, c'est refuser l'idée d'un risque de comparaison qui serait un antivoyage. Le risque de trouver à New York moins que New York.

Quand des amis vous en ont parlé comme d'un endroit mirobolant, avec des phrases qui commencent par des « Si tu veux vraiment... C'est là que... Une fois dans ta vie... », vous mettez dans un coin de votre tête ce restaurant « pas cher, pas du tout clinquant, une ambiance incroyable, et c'est super bon ». A fortiori lorsqu'il s'agit d'une adresse à l'étranger, il y a un vrai plaisir d'attente, et une légère inquiétude aussi, si l'envie vous prenait de vérifier. Est-ce que je serai capable de retenir une table, est-ce que ça ne sera pas complet ? En général, dans ces cas-là, le vrai bon moment, c'est quand on y est, qu'on a réussi à s'installer, que le concept est assouvi, et qu'on a même eu le temps de lorgner les plats servis aux tables voisines, en échangeant ensuite des coups d'œil ébahis en haussant les sourcils.

Après, ça va toujours beaucoup trop vite. Dès la première bouchée avalée, le temps se met à glisser irrémédiablement, et vous avez beau essayer de le suspendre à intervalles réguliers avec des constats un peu trop réitérés de satisfaction, le *je suis en train de le faire* s'est déjà mué en *je l'ai fait.*

Dans les choses que je ne ferai délicieusement pas, je garde une tendresse particulière pour Katz's Delicatessen, maison fondée en 1888, quand le Lower East Side était une terre d'accueil pour des centaines de milliers d'émigrants juifs d'Europe de l'Est. Il y a manifestement une outrecuidance de la part de cet établissement à vouloir le garder dans son jus de bistro ouvrier. À l'extérieur, un dépouillement pauvret à la limite du délabrement ; à l'intérieur, une décoration succincte, un alignement janséniste de tables carrées, et le conglomérat trivial : ketchup, moutarde, sel, présentoir métallique de serviettes en papier. L'opulence vient seulement d'une extraordinaire prolifération de cadres photos accrochés aux murs. Oui, tous les grands de la terre sont venus là, ça paraît incroyable mais c'est comme ça. Ce qu'on y sert ? De fastueux sandwichs au pain de seigle bourrés à craquer de quatre cents grammes de pastrami, ou de corned-beef, ou les deux à la fois. Une atmosphère bruyante et chaleureuse, peu recommandée pour les végétariens. Il semble que le « petit plus » soit le fait historique que Meg Ryan ait feint ici même l'orgasme dans la *fameuse* scène de *Quand Harry rencontre Sally*. Ça tombe bien, je n'ai pas vu le film non plus.

Le quarante-cinq tours que j'avais dans ma chambre d'adolescent. Bob Dylan en lettres rouge orangé. En plus petits caractères, le titre phare, « blowin' in the wind », sans majuscules. En haut à gauche, en tout petit, le logo CBS et la référence EP 5688. C'est au début des années 1960. Dylan marche au milieu d'une rue enneigée, une fille à son bras. Elle se blottit contre lui, et regarde le photographe, souriante. Elle a les cheveux longs, châtain-roux, un imper sombre qui sangle sa taille mince, et des bottes de cuir. À ses côtés, Dylan a l'air transi de froid, mains dans les poches de son jean. Sa petite veste de daim portée sur une chemise, sans pull, est manifestement trop légère, mais ça serait si conventionnel d'être habillé confortable, et plus encore de regarder l'objectif. Il est peut-être en train de parler, manifeste un peu de détachement et d'ironie par rapport à la scène. Pourtant, il doit aimer le décor et la situation. La rue verglacée est complètement déserte. La voiture, la camionnette et le camion de livraison garés sur les bas-côtés semblent très anciens, beaucoup plus que le style de Robert Zimmerman. Sur la façade des immeubles, les escaliers de secours déploient leur frêle accordéon.

J'ai toujours pensé que c'était le matin, et c'est de toute façon le matin de beaucoup de choses, le début du *protest song*, cette petite chair de poule que donne le symbolisme des paroles de « blowin' in the wind », avec la voix nasillarde et les bouffées approximatives de l'harmonica, cette sensation d'être embarqué dans l'aventure et d'avoir délicieusement froid dans une rue déserte en plein hiver new-yorkais, sans doute pas loin de Greenwich Village où Dylan habitait alors – au 161 de la 4e Rue ouest. J'ai encore l'impression d'être lui quand je le vois marcher comme ça. Je ne comprends pas toutes les paroles pour m'enflammer, et les passages que je ne saisis pas n'en sont que plus forts. Dylan a l'air de quelqu'un qui vient de nulle part, parfaitement libre d'avoir trop froid dans une rue de neige, une jolie fille à son bras.

1955. C'est l'année de sa mort et c'est l'année la plus vivante de sa vie. Il a tourné ses trois films, *À l'est d'Éden*, *La Fureur de vivre*, *Géant*. Il marche dans Times Square, et Dennis Stock de l'agence Magnum le photographie. Il tombe des cordes, d'une pluie qu'on sent glaciale. Il a les mains dans les poches, mais sa cigarette rivée au coin de sa bouche ne le réchauffe pas davantage que le col relevé de son manteau. Sa tête est rentrée dans les épaules, mais il fait ça tout le temps, même quand il ne pleut pas. Il a l'air crâne, tête nue, et tellement intérieur.

C'est peut-être à cause de l'Actors Studio, cette mythique fabrique des acteurs américains, située tout près de là, dans la 44e Rue. James Dean a tant souhaité y pratiquer la philosophie de jeu prônée par Lee Strasberg. Il a senti très tôt que c'était ça pour lui, que c'était ça, lui, cette façon d'apprendre un personnage du dedans, de lui donner une intensité, une profondeur palpables et mystérieuses, plus encore dans le silence que dans la parole – sa voix sonne un peu faux, juste ce qu'il faut. Monty Clift a ça en lui aussi, cet écho que donne l'Actors Studio, une aura infime et névrosée qui fait toute la différence. Je l'ai tellement sentie quand j'ai découvert *La Fureur de vivre*, en séchant le cours d'histoire au lycée. J'ai acheté une bio, j'ai lu tout ce que Jimmy Dean attendait de l'Actors, comme s'il avait toujours su ce qu'il voulait y trouver. Surtout pas une façon de dégager la tête des épaules. La nécessité au contraire de se recroqueviller davantage, de rendre tangible une étrangeté qui éclabousse la pluie new-yorkaise sur la photo de Dennis Stock.

Times Square. À l'angle de Broadway et de la Septième Avenue, un des centres du centre, peut-être le centre du centre. Broadway, ses théâtres, ses cinémas, ses salles de concert et ses bordels, sa vie hurlante, lumineuse et sombre, bouscule le découpage des rues et des avenues. L'illusion est plus forte que le réel, juste à côté de l'immeuble du *New York Times*.

1955. Les deux premiers films de James Dean à l'affiche. *Géant* sortira l'année suivante. Un an après sa mort, un an après. Mais après quoi ? James Dean a rentré les épaules, la pluie de Times Square est un prétexte. Il marche. Il est pour toujours Antigone. Il a dit non.

Dean, Dylan, Rimbaud. James Dean a de la chance. À vieillir un peu, on devient tout au plus trafiquant d'armes. À vieillir trop on sera fou. On risque même le Nobel, et de dire à la fois non et oui.

Paris vs *New York*. Un livre qu'on m'a offert il y a une dizaine d'années. Intrigant, singulier. Un de ces livres qu'on feuillette d'abord, amusé, à l'apéritif. A priori un de ces ouvrages concepts davantage promis à quinze jours sur la table basse qu'à vingt ans dans la bibliothèque. Le principe ? Des duels graphiques très épurés, page contre page, avec pour seul commentaire un mot parisien d'un côté, un mot new-yorkais de l'autre : pierre de taille/*brick* ; bobo/hipster ; pompidou/guggenheim. Jamais de majuscule : le nom propre devient commun, emblématique d'une philosophie, d'un comportement. Quand tout le monde est parti, on reprend le livre, et au lieu de le reparcourir rapidement on sent l'envie de rester un moment sur chaque double page. Le système d'opposition entre New York et Paris est subtil. On passe de l'évident au mystérieux, du spectaculaire au minimal, de l'imposé au suggéré, de la singularité têtue au copiage décalé. La matité des illustrations, leur esthétisme à la fois dépouillé et raffiné comptent beaucoup pour le plaisir de cette balade dans des idées, des images. On se dit que c'est vraiment bien, que ça devrait marcher.

Ça marche. Les mois qui suivent, on se rend compte que tout le monde à Paris connaît. Tout le monde… Plutôt dans un milieu bobo, culturel ou yuppie. Plutôt des trentenaires, des quarantenaires. *Paris* vs *New York*, c'est le comble de la branchitude, d'une forme très civilisée d'autodérision. Le parallèle Paris-New York touche quelque chose de profond. Il ne s'agit pas d'un rapport de force ni d'un complexe réciproque, mais il y a pourtant de ça aussi. Paris se soucie de New York, New York se soucie de Paris.

Sûrement, celui qui a conçu l'ouvrage connaît bien les deux villes. Son nom n'est pas écrit très gros sur la couverture : Vahram Muratyan.

Flash-back bien avant que Vahram Muratyan ne vienne au monde. Ça se passe en 1967, 1968, 1969. Arthur fait partie de ma petite bande de quatre au lycée de Saint-Germain. Nous avons des goûts proches, en foot et en chansons notamment, même si le truc d'Arthur, c'est surtout le cinéma. Je chante à la guitare Leclerc, Ferrat, Barbara, Brassens, Sylvestre, Brel. Arthur me dit qu'il a un magnétophone à bandes, que ça serait bien que je m'enregistre. Il me propose de venir chez lui.

Chez lui. Tout de suite, j'adore chez lui. Une famille d'émigrés arméniens venue comme beaucoup en France après le génocide. Un immeuble HLM aux Vignes-Benettes, à Port-Marly. Un univers formidablement chaleureux et accueillant. Les parents et les frères d'Arthur dissipent d'emblée toute timidité. Une famille où vivre ensemble est comme une évidence, si vite partagée. Je parle avec les uns et les autres, et je reviens souvent. La petite bande magnétique enregistrée au fil des jours aura un sens profond pour moi : c'est elle qui fera craquer la fille qui deviendra la femme de ma vie.

Beaucoup plus tard, Arthur me fera signe, et je le reverrai. La dernière fois, il me parlera de son neveu Vahram, de son livre et de son succès.

Paris *vs* New York. J'aime infiniment cette idée. Qu'à l'origine de ce projet, comble de l'évolution sociale, quintessence d'un regard distancié sur le monde contemporain, il y ait l'intelligence et la simplicité, la gentillesse et la chaleur humaine. La cuisine des Vignes-Benettes à Port-Marly.

Tous ces films regardés, toutes ces photos, tous ces albums, tous ces livres, non pas pour aller à New York un jour, mais un peu bizarrement, presque d'emblée et bien plus encore à présent, pour ne pas y aller, pour préserver le secret d'une ville essentielle qui ne supporterait pas d'être tant soit peu violée par la réalité.

Oui, toutes ces fenêtres ouvertes sur New York avec étrangement le sentiment de ne pas les ouvrir pour en connaître davantage. J'ai toujours su que j'étais fait pour regarder, pas pour apprendre ni comprendre. Déjà mes tests en classe de troisième – sans parler de mon redoublement à la fin de l'année – m'annonçaient que tout ce qui touchait à la logique, à la vision dans l'espace était chez moi faible. New York est un territoire merveilleux pour quelqu'un comme ça. Même si à force de me documenter sur le Bronx ou sur Brooklyn, ou sur Harlem, je côtoie quelques éléments d'histoire, de sociologie, une mise en perspective des lieux et des événements, je sais que je les oublierai aussitôt, ou plutôt qu'ils se dilueront, se recueilleront dans la force d'une image, qui contiendra tout sans rien expliciter.

Bien sûr que je m'intéresse à Central Park, à tout ce que s'y passe et s'y est passé. Mais en même temps je sais que dominera la photo, au dos de l'album de Simon et Garfunkel, où ils sont assis sur le rebord en ciment, le dos contre le grillage, derrière eux le lac. Ils ne le regardent pas. Ce qu'ils attendent de la vie n'est pas la contemplation, le joli ni le pacifiant. Ils ont un chemin de musique et de mots à parcourir. S'ils se posent un instant, dans une position jeune, assis presque par terre au cœur de Central Park, c'est juste pour un moment, à la fin de l'été – c'est fou ce que la moindre rousseur, la moindre touche d'automne poignent le cœur à Central Park.

C'était nouveau, Simon et Garfunkel. Cette musique céleste qui devait beaucoup à la tessiture et à la virtuosité vocale d'Art Garfunkel, au picking de guitare et aux harmonies de Paul Simon, à ses paroles, tellement plus riches que ce que la variété anglo-saxonne proposait à cette époque.

Sur une autre pochette, on les voyait dans le métro new-yorkais. Sur le quai, Simon grattait négligemment, sa guitare posée sur la cuisse, et les gens qui passaient ne leur prêtaient nulle attention. Les images étaient rares, et c'était bien. Mais celle de Central Park est spéciale. C'est à cause du grillage, des gratte-ciel à l'horizon, de ce mélange de nature enclose et d'urbain rêche. La substance des choses, l'incommunicabilité citadine si précieusement cristallisée de *Sounds of Silence*, c'est un grillage où l'on s'appuie devant le lac. Un jour, beaucoup plus tard, les rêves de Simon et Garfunkel ne seront plus devant. Ils seront au chaud de la nuit dans ce qui sera devenu leur jardin, leur rendez-vous profond. *The Concert in Central Park.*

19 septembre 1981. Le concert de Simon et Garfunkel à Central Park ne s'appelle pas encore « *The* » *Concert in Central Park*. Tout est réuni pour qu'il le devienne. Cinq cent mille personnes assemblées sur la Great Lawn, deux cent mille de plus que la ville ne l'avait envisagé, et elle pensait avoir vu large. Les photos qui montrent la foule prise en plongée devant la scène et ses deux colonnes d'enceintes

gigantesques sont incroyables, avec la couronne des arbres, les gratte-ciel au loin.

Mais ce qui donne l'émotion, c'est la douceur qui va planer sur cette multitude. Le speaker annonce sobrement, et la sobriété devient ici le comble de l'emphase : *Ladies and gentlemen, Simon and Garfunkel !* La longue rumeur qui monte alors est une houle infinie de gratitude, on n'entend presque pas de cris. Dès les premiers mots de « Mrs Robinson », le ton est donné. Un son impeccable, délicat, le son de Simon et Garfunkel. Une sensation très pure, aérienne, qui atteindra des sommets de fluidité avec « Bridge over Troubled Water », cette idée de présence réconfortante écharpant la mélancolie, la solitude :

When you're weary,
Feeling small
When tears are in your eyes
I'll dry them all
I'm on your side
When times get rough
And friends just can't be found
Like a bridge over troubled water
I will lay me down

Le « I » du narrateur n'est ni Paul ni Art, mais la quintessence de tout ce qu'un chemin de création peut apporter aux gens. Prendre en compte chaque tristesse. Au fond de la nuit new-yorkaise, cinq cent mille solitudes qui frissonnent comme je l'ai fait en écoutant cet enregistrement. Comment ne pas être touché ?

C'est une reconnaissance magique et paradoxale. Les deux presque adolescents qui s'appuyaient contre le grillage ne pouvaient pas l'imaginer. Quand Paul amorce le picking de « The Sound of Silence », le murmure d'assentiment est comme un long paraphe de vie partagée. Et c'est beau de penser que cette communion s'applique aux graffitis tracés sur les *subway walls and tenement halls*, que tout ce qui fait la froideur, l'hostilité et l'incompréhension dans *la* ville est tout d'un coup non pas nié, mais adouci, partagé, sublimé. *Hello darkness, my old friend*… Jamais l'obscurité n'avait été si consolante. Comme un pont sur l'eau trouble.

Un mot qu'on entend dans « The Sound of Silence ». *Tenement*. *Tenement halls*. Il est associé à *subway walls*, et on devine qu'il désigne une réalité un peu cachée, un peu sordide de la ville. En fait, comme pour tout à New York, c'est un peu plus compliqué. Le mot *tenement* fait penser en français au verbe « tenir », à quelque chose qui tient, qui résiste. Et c'est d'autant plus curieux que *tenement* désigne un concept en évolution, en disparition progressive, et au moins en métamorphose. Au départ, les *tenements* sont des habitations locatives collectives pour les pauvres et les ouvriers. Conçues d'abord comme des immeubles de quatre étages avec seize appartements, les *tenements* sont rapidement débordés par l'ampleur de la première immigration massive, vers 1830.

Des logements sombres, sans ventilation, sans eau courante, voués à une spéculation immobilière infernale, et sombrant vite dans la misère la plus noire.

La scène d'ouverture de *West Side Story*, tournée dans le quartier de San Juan Hill, est un petit miracle de préservation de ce que fut l'idée de cette vie des *tenements*. San Juan allait être rasé à l'instigation du maire Moses et du financier Rockefeller III pour construire le Lincoln Center, prestigieux centre de la vie culturelle. Des milliers de familles noires et portoricaines durent être déplacées, refoulées.

Les superpositions sont brutales à New York. Dans le quartier enfoui de San Juan dorment toutes les racines noires de la ville, le jazz et le ragtime, un art s'accommodant de la misère et de la vie dans les *tenements*. Aujourd'hui, deux cent mille *tenements* rénovés sont restés dans New York. Il y a un musée du Tenement à Orchard Street. La marque préservée du *tenement*, ce sont les escaliers de secours en fer qui courent sur les façades. Escaliers de secours. Frêles architectures, essence de la ville, reflet d'un temps où la vie difficile était par elle-même un appel au secours. Une réalité presque abolie, mais une idée qui tient, qui court, invisible et visible, recouverte et présente, misérable, mélancolique et joyeuse pourtant comme un ragtime. Un souvenir qui tient. Tellement. *Tenement*.

Fire escapes. Quand la lumière d'un matin d'hiver les assourdit, les arrondit d'une petite neige. Quand un chat hiératique monte la garde à leur pied. Quand on se sent protégé par l'idée qu'il pourrait y avoir un incendie, et donc qu'il n'y en aura pas. Quand on se dit que leur dessin est fragile et beau, vraie signature de la ville vivante. Contre l'arrogance du toujours plus massif et du toujours plus haut. Comme il y a des signes extérieurs de richesse et de pouvoir, il y en a de délicatesse et de fragilité. *Escape*. S'échapper. Abandonner sa cape aux mains du malandrin qui voudrait la saisir, aux mains de ce malheur qui voudrait vous saisir. D'étage oblique en étage penché, comme un jeu d'escalade pour enfants, comme un jeu pour descendre où l'on pourrait monter peut-être. *Fire escapes*.

« Escaliers de secours » ne le dit pas. Échappées pour le feu, échappées de feu. Dessin japonais silencieux par un matin de neige.

Le projet naît en 1947, si près de la fin de la Seconde Guerre mondiale. Un ami de Jerome Robbins prépare une scène de *Roméo et Juliette* pour un cours de théâtre. Il demande au chorégraphe s'il serait possible de moderniser l'histoire de Shakespeare. Robbins est séduit par l'idée. Il en parle à Leonard Bernstein et tous deux sentent qu'il y a là quelque chose. Ils conçoivent la première version d'un spectacle musical qu'ils intitulent dans un premier temps *East Side Story*. Maria est juive, et Tony un Italien catholique de Greenwich Village. Comme souvent, le projet demeure en suspens quelques années. Quand ils le reprennent en 1955, ils décident de transposer le conflit religieux en conflit racial. Entretemps, il y eut des oppositions, des pressions, une probable certitude dans l'esprit de Robbins et de Bernstein que l'opposition juifs-catholiques était trop explosive dans ces années-là, dans ces quartiers-là, Lower East Side, Little Italy. Le projet *East Side* devient donc *West Side*, et l'antagonisme, Portoricains contre Américains blancs. Après tout, il y a des *tenements* aussi dans le West End, et de la misère. Les immigrants portoricains sont si nombreux que le quartier de San Juan Hill porte le nom même de la capitale portoricaine. Le spectacle – on peut difficilement parler de comédie musicale, plutôt de tragédie musicale – amorce sa tournée le 18 août 1957 à Washington, et s'installe au Winter Garden de Broadway le 26 septembre. C'est un triomphe. Les salles sont pleines pendant plus de deux ans. Le film, réalisé par Robert Wise et Jerome Robbins, voit le jour le 18 octobre 1961, et sera le deuxième plus grand succès du box-office cette même année, malgré sa sortie automnale. En France, le film est à l'écran le 2 mars 1962, au George V, où il restera à l'affiche deux cent dix-huit semaines. Pendant que *West Side Story* rafle tous les Oscars, le monde entier est subjugué. *West Side Story* a tout changé.

En regardant le film aujourd'hui, j'ai un peu de mal avec le pathos, le sirop des chansons. Mais bon, la caricature du père dans *La Fureur de vivre* a mal vieilli aussi. Ce qui demeure formidablement moderne, c'est la chorégraphie, notamment dans la longue scène d'exposition, la façon dont la bande des Jets et celle des Sharks se déploient dans le décor urbain, en mêlant des pas de danse à leurs roulements de mécaniques. Ces danseurs sur fond de misère claquent des doigts si secs, si swing, donnent une pulsation lyrique à leurs vies étranglées. Toute la gestuelle scénique de Michael Jackson viendra de là.

West Side Story, c'est New York. Les premières images, en approche aérienne, le port, les gratte-ciel, les échangeurs, les stades, l'immensité de New York. Mais la focale se resserre, et ce sont les blocs de *tenements*, les graffitis, le gris des immeubles et les espaces cimentés ceinturés de hauts grillages, terrains de basket-ball un peu, terrains vagues surtout, pour une vie très vague et prisonnière. Une longue scène d'exposition en décor naturel, en pauvreté sociale naturelle qui donne son sceau d'authenticité à l'épopée new-yorkaise.

Dès la deuxième scène, on utilise des décors, et l'on est à Hollywood. Une cinquantaine de décors différents dans les studios de la Goldwyn, des pièges d'arrière-cours, des ruelles asphyxiant les destins de Maria, de Tony, de Bernardo, de Riff. Mais ces décors à l'étouffée sont bien New York. Des pans luisants de murs de brique, des volées d'escaliers de secours, du linge étendu qui sèche d'une manière un peu trop raide, la bagarre sous l'échangeur monumentalement symbolisé.

Car cela reste stylisé, dans le fond comme dans la forme. Dans les deux bandes, on ironise sur les foies blancs qui envisagent de trouver du boulot. Le flic emblématique, Schrank, dépositaire d'une morale adulte absente ou bousculée, n'hésite pas à interpeller les Jets : « Toi, qu'est-ce qu'il devient ton père, toujours son delirium ? Et toi, ta mère, ça marche, son petit commerce ? » L'allusion à l'alcoolisme et la prostitution, mais ces gars-là ne vont plus à l'école et ne travaillent pas, et il n'est pas question de drogue, on parle de bandes, mais pas de gangs. Les Jets et les Sharks ont pour but ultime la liberté dans un territoire – un territoire que l'on va raser.

Bien sûr, c'est Roméo et Juliette. Bien sûr, c'est un spectacle musical transposé au cinéma. Mais ça a failli quand même s'appeler *East Side Story*. Et ça s'appelle *West Side Story*. Des concepts purement new-yorkais, même si le mot *West* a nécessairement d'autres connotations quand le succès du film devient mondial. Une affiche emblématique. West Side Story en lourdes, immenses majuscules rouges sur trois étages de *tenement* allégorique. Et sur la droite, l'envolée légère des escaliers de secours. Deux silhouettes y dansent sur fond noir.

Harlem, bas Brooklyn, Bronx. Tous les écrivains, cinéastes, comédiens, musiciens, plasticiens qui sont venus au monde là, ont gagné plus tard le droit à la parole et à laisser une trace, se plaisent à évoquer à quel point ils sont venus de bien pire que de nulle part. Comme si une légitimité intellectuelle et morale leur était accordée par l'appartenance à une origine sociale plus ou moins misérable, à un paysage mental fangeux, surpeuplé, mais qui, dans sa désespérance même, s'était révélé merveilleusement tonique. On a le sentiment qu'ils sont nés de ces ghettos plutôt qu'ils ne leur ont échappé. On ne les voit pas faire preuve à proprement parler de nostalgie vis-à-vis de ces enfers profonds, mais en parler comme d'une caution de leur future liberté. Comment auraient-ils pu rêver ensuite d'un ailleurs aux antipodes de cette fournaise déliquescente et broyée qui leur donna l'élan, les mots, l'envie ? Ils ont vécu ensuite leur accomplissement juste à côté, à Manhattan, comme si la mythologie du centre était restée au cœur de leur enfouissement originel. On sent que c'est à la fois leur damnation et leur grâce. Ils sont restés de là, de presque là, et les poubelles, les détritus des trottoirs new-yorkais sont demeurés pour eux une sorte d'oxygène qui fait le lien avec le passé.

Manhattan n'est pas Manhattan toute seule mais une idée de la vie enclavée dans des noms plus rauques, Bronx, Brooklyn, Harlem. Tout cela fonctionne ensemble, le luxe même n'est qu'un accident fragile de la sauvagerie et de la rébellion. Ils ont voulu le centre non comme une vérité mais comme une sorte de féerie.

Et ce qui est étrange, c'est que cela s'accorde ton sur ton avec le rêve manhattanien de quelqu'un qui n'a jamais vu Manhattan. Il suffit de regarder une carte postale du port vu d'un peu loin pour éprouver ce sentiment d'un lieu à la fois formidablement compact et aéré par son concept. Les gratte-ciel respirent d'une sorte d'enthousiasme et semblent bouger. En l'occurrence, il s'agit d'une carte postale oblitérée le 12 août 1967 et adressée par une amie aux parents de ma compagne. Le message est d'une transparence tellement banale qu'elle semble presque indécente : « Sommes partis nous aussi pour découvrir l'Amérique. Vous espérons en excellente santé. Bien amicalement, Madeleine. » Renseignements pris, cette Madeleine jouait au bridge et au tarot avec les parents de ma compagne, quand les enfants étaient couchés. Elle venait de rencontrer un homme très riche qui avait complètement changé sa vie. Son « nous aussi » respire la condescendance. Il s'adresse à des gens qui dans son esprit ne sont nullement destinés à aller un jour aux États-Unis. Quant à elle, elle appartient désormais à un milieu où l'on se doit de découvrir l'Amérique, notamment pour « faire comme les autres ». Son « vous espérons en excellente santé » est peut-être pire encore. Vous, à qui on ne peut rien souhaiter d'autre que de conserver la santé.

Finalement, c'est la légende imprimée qui focalise l'attention : *Downtown. New York City. Fabulous panoramic view of the Island of Manhattan encompassing East, North and Hudson Rivers, the Financial District, the Battery in the foreground and the world's busiest seaport, New York Harbor.*

Cette vue panoramique est un cliché sans l'être. Une photo aérienne où le port n'est pas regardé comme lorsqu'on y arrive en bateau. Il prend l'allure d'une boucle gigantesque d'entrepôts, de docks, de garages à navires qui enserre Manhattan dans une ceinture d'eau. Vu ainsi le quartier n'est rien de celui qu'on peut rêver quand on passe son enfance à Harlem ou dans le Bronx. Cette vue panoramique, vertigineuse, avec ses gratte-ciel de hauteurs si dissemblables, mais d'une extraordinaire densité, une image déformée, arrondie, un peu comme si on enfermait la ville dans une boule de verre. Mais n'y a-t-il pas la même déformation d'immensité dans la tête de ceux qui ont fantasmé toute leur jeunesse New York en vivant à New York sans y être vraiment ? Pour eux comme pour le photographe de la carte postale, c'est là que ça se passe. À Manhattan. C'est évident, massif, incontournable. Et en même temps tellement irréfutable et obsédant que cela en devient presque irréel. À la fois le comble de la réalité et celui de l'imaginaire.

Deux des plus belles couvertures de *The New Yorker*. La première, signée Art Spiegelman, est datée du 24 septembre 2001. Le fond de l'image est anthracite. Deux tours noires parallèles se détachent confusément, comme si New York, l'Amérique, le monde entier étaient plongés dans un brouillard mental indéfectible. Treize jours après l'attentat contre les Twin Towers. La seconde est du 11 septembre 2006. Cinq ans après jour pour jour. Les auteurs, John Mavroudis et Owen Smith, ont choisi un fond blanc. Tout en haut de cette neige éblouissante, une silhouette de funambule avec son balancier marche sur une absence de fil, entre deux riens. Une sensation palpable de vertige, de silence, d'abstraction, de mémoire et d'oubli.

C'est bien sûr l'audace de Philippe Petit qui est ainsi évoquée. Un exploit insensé, fomenté comme un complot, et accompli le 7 août 1974, à 7 heures du matin. Le funambule français a eu l'idée de ce tour de force en lisant un magazine chez son dentiste en 1968. À l'époque, les tours sont en construction. Petit sait qu'il n'aura jamais l'autorisation de réaliser son projet, aussi l'envisage-t-il comme un incroyable hold-up. Il fait fabriquer de fausses cartes d'identité pour ses collaborateurs et pour lui-même, et ils se font passer pour des entrepreneurs chargés de la construction d'une clôture électrique en haut des tours. Mais les obstacles sont aussi d'ordre technique. Comment gréer un fil d'acier de soixante et un mètres, et l'installer à quatre cent dix-sept mètres de hauteur ? Une des difficultés principales réside dans le fait que les deux tours bougent sous l'effet du vent. Dans la nuit du 6 au 7 août, Petit utilise un monte-charge pour accéder au 82e étage, et de là il tire une flèche attachée à un fil de pêche.

Il restera quarante-cinq minutes sur son fil. Debout, couché, agenouillé. La police alertée vient le cueillir mais l'acclame. Le procureur du district de New York résoudra intelligemment le casse-tête judiciaire que représente cette aventure fabuleuse et illégale : il blanchira Petit en lui demandant en échange un spectacle aérien pour les enfants dans Central Park.

« Ma criminalité est purement artistique », dira Philippe Petit. Il a inscrit à jamais sa signature dans le ciel de New York. Sa folie fut si belle. Mais les hommes ont d'autres folies.

Le World Trade Center se composait de sept bâtiments dont deux tours dessinées par Minoru Yamasaki. Elles restèrent pendant deux mois la plus haute structure du monde. Le World Trade Center était à la fois dans l'esprit de ses créateurs le cœur du monde libre et celui du capitalisme. Le public trouva les tours sans grâce, mal intégrées dans l'espace. Au fil des ans toutefois, tous les grands noms de la finance, du droit des affaires et du consulting s'y installèrent. Le maire Rudy Giuliani y établit même le quartier général de la sécurité.

Cet arrogant symbole était une cible parfaite pour les terroristes islamistes. Quand, cinq ans après la tragédie, *The New Yorker* propose la silhouette du funambule, les tours n'existent plus. Mais la mémoire de tous ceux qui ont trouvé la mort est là, dans le grand vide blanc. Et tout en haut, le paraphe de l'homme-oiseau.

Il faut se méfier du choc des photos. Surprendre un sourire sur le visage d'une personne lors d'un enterrement n'a rien de bien étonnant. Mais publier la photo de cette personne pour dénoncer son insensibilité ou son hypocrisie relève de la machination ou du mensonge. Ainsi du cliché célèbre de Thomas Hoepker, pris au bord de l'East River à Williamsburg, Brooklyn, le 11 septembre 2001. Quelle était l'intention du photographe, quand il a cadré les Twin Towers écharpées d'une montagne de fumée, avec, au premier plan, un groupe de cinq jeunes gens, a priori trois filles et deux garçons, assis dans des attitudes très naturelles au bord de la rivière ? Peut-être voulait-il montrer qu'il faisait très beau ce jour-là ? Mais « ce jour-là » est par essence différent. Et la photo est lue ainsi : ils s'en foutent.

À l'appui de cette interprétation, une expression énigmatique sur le visage de deux des filles, peut-être une grimace à cause du soleil, l'ouverture de la bouche pour poser une question, ou bien, crime, un sourire. Même chose pour la position des corps assis ou accroupis comme on l'est avec un corps jeune au soleil de septembre. La présence d'une bicyclette participe à l'insouciance de la scène. Le scandale a été tel que le garçon que l'on voit à l'extrême droite a dû se justifier en disant que « le groupe était dans un profond état de choc et d'incrédulité », et que la photo était malintentionnée. Car les images ont une intention, souvent, ou bien toujours. Il y a vraisemblablement une perversion dans l'esprit du photographe quand il saisit la scène alors qu'aucun des regards ne s'oriente vers les tours. Et puis les photos sont silencieuses. Comment penser que l'on peut rester indifférent avec le concert de sirènes qui devait se répercuter sur l'eau ?

La plus grande ville du monde subit sa plus monstrueuse tragédie. Cela change tout, fausse tout. Une seule ironie demeure, et elle suffit : il faisait beau le 11 septembre 2001.

L'hôtel où je n'aurai délicieusement pas dormi est le Bowery. C'est un établissement beaucoup plus que confortable, mais on peut bien s'offrir le luxe qu'on ne se paie pas. Cette presque opulence-là a le bon goût de se nicher dans un quartier qu'on a qualifié de délabré dès la fin du XIXe. Bowery est le nom de la rue. Elle est devenue à cette époque le temple des vices, alcool, prostitution, jeux truqués, rendez-vous de toutes les rixes entre les gangs, puis un lieu de misère, de bohème, et de bohème misérable.

L'hôtel Bowery s'est installé sur ce terreau mouvant, et a ouvert ses portes en 2007, presque à la fourche de la Troisième et de la Quatrième Avenue. La sobre massivité de l'immeuble n'annonce pas le ouaté chaleureux qui baigne l'intérieur. C'est beaucoup le fait des petits lustres égrenés sous les plafonds à caissons. Quatre abat-jour tout ronds, sur un cercle métallique, dispensent une lumière intime et retenue. Chacun d'eux pourrait être le cœur d'une chaumière normande, mais leur dissémination dans le hall d'accueil, les salons, donne étonnamment une sensation de modernité, comme la façon dont ils se marient avec les baies vitrées à croisillons de fer, les tapis d'Orient, les fauteuils de velours, mille objets de brocante, le feu dans la cheminée, tous les panneaux de bois sombre. C'est l'idée de New York qui est par elle-même un filtre mystérieux. Le confort le plus extrême ne peut y être avachi, mais reste suspendu, secrètement lié à un élan, et le silence se nourrit de toutes les rumeurs autour. Bien sûr, l'axe de Bowery, refuge des pauvres et des sans-abri, s'est gentrifié. Il n'en reste pas moins la trace impalpable du théâtre yiddish qu'on pratiqua dans le quartier au XIXe, et de toute la décrépitude, bordels, monts-de-piété, *tenements* meublés en demi-abandon.

C'est merveilleux de s'endormir dans une chambre au même plafonnier que ceux du hall rien que pour soi. Rien que pour soi aussi cette immense fenêtre à croisillons, la vue sur Manhattan et le pont de Brooklyn, la féerie de la lumière du présent, et, bien plus près, l'inquiétude assoupie d'une misère palpitante. C'est bon comme quand on était enfant, et qu'on s'imaginait grognard de Napoléon s'engloutissant dans une couverture au bivouac. La neige de Moscou tout autour, la bataille prochaine.

Je n'avais rien lu de Paul Auster avant de me retrouver assis près de lui en janvier 2018 pour l'émission de François Busnel *La Grande Librairie*. Je me sentais particulièrement entouré de bonnes ondes ce soir-là, auprès d'Isabelle Carré et d'Olivier Adam, que je connaissais sans les connaître, pour avoir avec eux des amitiés et des admirations communes. Paul Auster et sa femme, Siri Hustvedt, étaient les invités d'honneur, arrivés la veille de New York, après beaucoup d'années sans être revenus en France. Auster parlait un français impeccable et son comportement était chaleureux, sympathique, sans morgue ni fausse modestie. Paul Auster était pour moi un nom éclatant, malgré son euphonie grave et repliée, un nom presque toujours lié à l'expression *Trilogie new-yorkaise*. Il fut très accessible et souriant lors du pot qui clôtura l'émission, même si nous n'avions pas grand-chose à nous dire.

C'est quelques jours après que j'ai commencé à lire *Cité de verre*, qui m'attirait davantage que les plus de mille pages de son dernier-né, *4 3 2 1*, pour lequel il avait été invité, et dont la narration fractionnée me rebutait un peu. Et voilà que je tombe sur ce passage :

> New York était un espace inépuisable, un labyrinthe de pas infinis et, aussi loin qu'il allât et quelle que fût la connaissance qu'il eût de ses quartiers et de ses rues, elle lui donnait toujours la sensation qu'il était perdu. Perdu non seulement dans la cité mais tout autant en lui-même. Chaque fois qu'il sortait marcher, il avait l'impression de se quitter lui-même, et, en s'abandonnant au mouvement des rues, en se réduisant à n'être qu'un œil qui voit, il pouvait échapper à l'obligation de penser, ce qui plus que toute autre chose lui apportait une part de paix, un vide intérieur salutaire [...] Le mouvement était l'essence des choses, l'acte de placer un pied devant l'autre et de se permettre de suivre la dérive de son propre corps. En errant sans but, il rendait tous les lieux

égaux, et il ne lui importait plus d'être ici ou là. Les promenades les plus réussies étaient celles où il pouvait sentir qu'il n'était nulle part. Et c'était finalement tout ce qu'il avait demandé aux choses : être nulle part. New York était le nulle part que Quinn avait construit autour de lui-même.

Je suis d'abord séduit en commençant à lire ces lignes. Séduit, et puis vite frustré. Et je ne peux m'empêcher de penser que le fait d'avoir rencontré l'homme quelques jours avant de découvrir l'œuvre change mon regard. Quinn est un archétype, la métaphore d'une ville qui s'imprime en lui, un peu comme dans certains tableaux de Jean-Michel Folon où une silhouette anonyme en manteau lourd et coiffée d'un chapeau arpente les avenues, et dont le corps devient des rues, des gratte-ciel, la ville elle-même. Le New York de Quinn n'est pas New York, mais *la* mégapole, ce que New York est aux yeux du monde. Un idéal pour qui veut se dissoudre en avançant, marcher sans rien découvrir qu'une perte de son identité, plonger avec ivresse dans un tout qui est aussi un rien – pas de passé, pas d'avenir, et un présent qui s'étourdit de son propre mouvement pendulaire. C'est la ville absolue, mais aussi l'abstraction absolue, assourdissante de rumeur comme un paysage désertique peut être assourdissant de silence.

Je ne nie pas qu'un personnage en quête de perte d'identité puisse trouver dans New York un écho favorable à cette disparition. Auster joue en maître avec ce papier-calque posé sur un destin, et le montage s'adapte parfaitement. Je ressens cependant une réticence – j'ai en général du mal avec les romans, mais ici, ma résistance est spéciale. Ça me semble trop lisse, d'une trop grande évidence de jouer New York de cette manière-là. Tant mieux pour lui si Quinn s'y fond parce qu'il a envie de fondre. Mais je crois peu en Quinn et je crois en New York. C'est trop bien fait, comme certaines descriptions longues et minutieuses de Zola sont tellement symboliques de ses personnages, de leur action, de leur destin, de leur colère ou de leur résignation qu'on a envie de bouleverser les pièces du puzzle, pour que tout ne s'imbrique pas à la perfection. New York. Le mot même *New York* résiste au glissement de l'infinité transparente. Il a quelque chose d'écorché et de rauque, d'irréductiblement vivant. Il tremble d'une vitalité inépuisable, d'un pouvoir poétique qui est tout sauf un sommeil de soi. Il porte en lui des banlieues violentes ou misérables, mais toujours palpitantes, toujours vibrantes du désir du centre, et chaque atome est un volcan en éruption. Les gratte-ciel de New York sont faussement monolithiques. Le vent les fait toujours bouger, en haut des tours.

Une photo en noir et blanc. Une photo un peu étonnante, parce qu'elle est prise en 1940 par un photographe allemand, Andreas Feininger, et qu'elle est exposée au Zeppelin Museum, à Friedrichshafen, dans le Bade-Wurtemberg. On dirait un tableau de Norman Rockwell. Un homme et une femme assez âgés, sans doute plus de la soixantaine. Ils sont assis sur un banc, et saisis de trois quarts arrière. Probablement un couple, car le banc est large et ils sont très près l'un de l'autre. Elle lit le journal. Lui a replié le sien dans la poche de sa veste, et on se demande s'il n'est pas parti pour un petit somme. Ils n'ont pas de valise ni de sac, ils ne viennent pas de faire des courses. Elle est d'une élégance discrète, avec sa robe sombre à pois blancs, son chapeau rond, des chaussures à talons bottier.

Lui, sa veste est plus fatiguée. On aurait tendance à dire qu'ils sont endimanchés, mais ils s'habillent peut-être ainsi tous les jours. Il fait beau. Ils ont choisi l'ombre d'un arbre, et la lumière à leurs pieds semble vibrer, lancéolée entre les branches. Devant eux, une rambarde de pierre, et d'autres frondaisons en contrebas. La sérénité de la scène est palpable. Presque impossible de se dire qu'ils sont au centre géographique absolu de Manhattan, dans Bryant Park. Le plus étrange, ce sont ces gratte-ciel à angle droit qui ferment l'horizon. Comme un puits de vertige, et pourtant la paix vient de là, de cette faculté de pouvoir s'abstraire de toute la verticalité environnante. On ne se pose même pas la question de la rumeur. C'est si facile d'imposer le calme de sa vie au rythme de la ville.

Wall Street. Le nom d'une rue du sud de Manhattan. Une rue qui ne mène nulle part sinon à son usage métonymique. Wall Street est une entité, le symbole du pouvoir économique des États-Unis, mais bien au-delà le symbole du capitalisme mondial. Le bâtiment qui abrite la Bourse de New York a été construit en 1792, mais c'est au début du XXe qu'il a pris l'apparence d'un temple grec. Un temple où l'on n'enseigne pas l'épicurisme, mais parfois le stoïcisme, quand le mot « krach » est associé au Black Thursday de 1929, et au Black Monday de 1987. Tout le reste du temps, les deux mots « Wall Street » claquent comme le drapeau d'une autorité en mouvement, « Wall Street a ouvert à la hausse… », et cela veut dire que la planète entière doit suivre.

Wall Street est dans New York, mais c'est beaucoup plus que New York, une volonté organique d'expansion infinie, l'insatisfaction permanente d'un progrès sans repos.

On imagine mal un écrivain choisir Wall Street comme le lieu où peut se fomenter la décroissance. Et c'est tellement logique en même temps. Herman Melville est essentiellement connu pour la traque de la baleine blanche dans *Moby Dick*. Mais les amoureux de littérature lui réservent une place beaucoup plus précieuse pour deux écrits très courts – et dont la brièveté est déjà un hommage à la paresse. Le premier s'intitule *Moi et ma cheminée*, et il commence ainsi :

> Moi et ma cheminée, têtes grises et vieux fumeurs, nous habitons à la campagne. J'ose même dire que nous y devenons d'authentiques autochtones ; et particulièrement ma cheminée qui s'y enfonce un peu plus chaque jour. Bien que je dise toujours : « Moi et ma cheminée », comme le cardinal Wolsey avait coutume de dire : « Moi et mon roi », cette égotique façon de parler où le Moi conserve la préséance sur ma cheminée est loin de correspondre à la réalité. En toutes choses, en effet, à l'exception de la phrase susdite, c'est ma cheminée qui a la préséance sur moi.

La nouvelle, assez peu connue, est la transposition manifeste de la propre existence de Melville, retiré dans la campagne américaine après l'échec de ses premiers livres, et refusant toute idée d'effort et de changement.

Bartleby, le second texte, a suscité davantage d'exégèses. Le personnage central est un simple commis aux écritures, dans un bureau de Wall Street où il côtoie un patron, deux collègues. À la différence de ces derniers, il ne boit ni thé, ni bière, ni café. Il passe de longues heures à rêvasser devant une fenêtre donnant sur un mur de brique. Au fil des pages, il devient tellement attaché à cet environnement absurde qu'il reste dormir dans son bureau à l'insu de son chef, dans un mauvais fauteuil. Chaque fois qu'on lui propose un travail sortant si peu que ce soit de sa routine de copiste, il répond : « Je préférerais pas. » D'autres traducteurs ont proposé : « J'aimerais mieux ne pas le faire », ou : « J'aimerais mieux pas. » La phrase originelle est : *I'd prefer not to*. La nouvelle est sous-titrée : *A story of Wall Street*. De nombreux analystes y ont vu une intention de rébellion particulière. *Bartleby* est certes une histoire de mur, le mur de brique qui fascine le personnage, et où il lit en même temps son enfermement et une mystérieuse liberté paradoxale. Mais c'est aussi une histoire de Wall Street. Les écrivains aiment beaucoup *Bartleby*. Enrique Vila-Matas lui a consacré tout un essai, *Bartleby et compagnie*, évoquant le syndrome de Bartleby, qu'il définit comme l'attitude littéraire de tous les auteurs ayant renoncé à la création non par impuissance, mais parce qu'elle leur semblait dérisoire, inférieure en tout cas à l'intensité de la vie réelle.

L'antihéros voit dans le mur. Étrange cette histoire de Wall Street où l'on va dans le mur. Bartleby est le champion des décroissants.

« Aller voir la cigogne. » C'était l'expression utilisée par Karen Blixen et son frère pour exprimer l'envie d'un ailleurs, et le but ultime de la vie. Voir la cigogne, l'idée ne m'enchante pas. Je ne risque plus grand-chose en disant à Karen Blixen que même dans sa ferme africaine, et en dépit de sa vie aventureuse, elle restait profondément danoise. Je me sens aussi peu new-yorkais qu'il est possible de ne pas l'être. De là sans doute aussi cette envie de New York, sans tout gâcher par le voyage.

« C'est à voir ! » On sent une espèce de retenue objective dans le ton de ceux qui disent ça, au retour d'un pays lointain. Ils ne vous assènent pas un enthousiasme envahissant, éclaboussant. Ils répondent simplement à votre questionnement, y compris quand il s'agit d'une destination singulière. Mais dans le « c'est à voir » il y a quand même l'idée qu'une liste virtuelle est punaisée quelque part, et qu'ils viennent de biffer une ligne sur le programme. Ce sentiment aussi que cela leur a apporté quelque chose qui leur manquait, que cela les a construits. Qu'avoir vu autre chose, et quelquefois d'autres gens – mais les voyageurs impénitents sont moins affirmatifs sur ce point, comme si leur soif de découverte était étayée par la conscience concédée d'une sorte d'éternel humain, partout sur la planète –, était sinon nécessaire, du moins appréciable et constitutif d'un rapport à la vie en évolution, en addition.

Vers quoi tend cette liste virtuelle des pays à voir ? Il y eut une époque où pouvoir se targuer d'un périple lointain vous conférait un prestige. Aujourd'hui, même un mot aussi miraculeux que Taj Mahal a perdu son pouvoir poétique. Tout le monde imagine à l'avance ces queues dans les aéroports et ces longs retards humiliants, ces désœuvrements peu gratifiants, ce désir entravé, essoufflé, teint brouillé, posture avachie, tee-shirt de fraîcheur matinale devenu avant même le départ relâché, douteux, uniforme ennuyeux des riches pauvres.

New York est une cigogne absolue. Je n'irai pas la voir apprivoisée dans son parc naturel. Tant mieux si je ne la vois pas. Je l'invente et je la deviens.

C'est un des dessins les plus savoureux et les plus célèbres de l'album de Jean-Jacques Sempé *New York*. Dans Central Park, tout le monde court dans tous les sens. Une voiture de police s'arrête près d'un couple de promeneurs qui se livre à une activité étrange : la marche. Un des policiers s'adresse aux deux rebelles : « Il y a quelque chose qui ne va pas ? »

La course est une passion moderne. Le geste sportif le plus élémentaire, le plus simple qui soit, a pris depuis une cinquantaine d'années une ampleur philosophique et sociale surprenante. New York est le creuset de ce phénomène. Ancien athlète moi-même, je faisais chaque année le Cross du Figaro, et, noyé dans la multitude des concurrents égrenés dans le bois de Boulogne, je trouvais toujours étonnant de voir à quel point chaque être humain a sa manière spécifique de courir. Rien de plus basique, et en même temps personne ne court tout à fait comme l'autre. Il y a un mystère, une singularité dans cette façon de mettre en œuvre tout le corps. Pour qui ne pratique jamais, l'idée qu'on puisse y prendre du plaisir est par ailleurs contre nature. De fait, c'est d'abord souffrance. Puis très vite, un premier seuil de fatigue dépassé, on découvre avec le deuxième souffle une sensation nouvelle. Si l'on se prend au jeu, si l'on s'y essaie tous les jours, on ressent bientôt comme un effet de drogue, encouragé par les endorphines : on se sent mieux quand on court que lorsqu'on ne court pas. Jusqu'aux années 1960, cette jubilation restait liée à la nature, de préférence en sous-bois. Et puis ce plaisir est devenu urbain. Dans les parcs, les squares, sur les trottoirs. Comme un bien-être qui serait en même temps un défi à l'establishment, à toutes les activités liées au profit. Courir pour éprouver, courir pour exister, pour affirmer sa liberté dans l'ivresse d'un paysage avalé, envolé, soudain léger.

Courir à Central Park, donc. Contre la grille noire, le long du lac. Dans ce lieu réputé dangereux quand la nuit vient. Kathrine Switzer, première femme à avoir terminé un marathon, celui de Boston en 1967, est devenue célèbre aux États-Unis. Dans une émission people, un journaliste lui lance : « Je sais pourquoi vous êtes capable d'effectuer le marathon en moins de trois heures : vous vous entraînez la nuit à Central Park. »

Ah oui, déjà, Central Park et le marathon sont des sujets people. Avant, le marathon de New York concernait une trentaine de mordus, et se déroulait dans le Bronx. Mais Fred Lebow a tout changé. Organisateur, manager, mais surtout grand prêtre de la philosophie marathonienne, ce personnage étrange, originaire de Roumanie, décide de faire disputer l'épreuve dans Central Park. La première édition ne sera qu'un succès relatif. En confinant le marathon de New York dans Central Park, Lebow se rend compte qu'il gentrifie la compétition, et en limite la portée. Dès 1976, il met en œuvre ce qui restera sa grande idée : traverser les cinq *boroughs*, les cinq quartiers de la ville. Cela semble une folie, une organisation impossible à maîtriser. Mais Lebow gagne son pari. Pour ce faire, il compte sur la présence de Bill Rodgers, meilleur marathonien américain de l'époque, mais surtout sur celle de Frank Shorter, qui remporta en 1972 le marathon des Jeux olympiques de Munich. Shorter est beaucoup plus qu'un vainqueur olympique. Il est tellement élégant, tellement souple et fluide qu'avec lui le marathon semble un agréable footing du dimanche. Désormais, le parcours de New York est installé. Il débute à Staten Island, au pied du pont Verrazzano, puis traverse Brooklyn et le Queens, emprunte le pont de Queensboro pour atteindre Manhattan et remonter vers le Bronx le long de la Première Avenue. Après avoir traversé le quartier interlope de Mott Haven, il descend la Cinquième Avenue pour se terminer dans Central Park.

Le succès populaire est d'emblée étourdissant. Chaque premier dimanche de novembre, tout New York est dans la rue pour saluer les trente mille concurrents – le succès parmi les participants venus des quatre coins de la planète est si grand qu'il a fallu limiter le nombre des coureurs, et qu'ils doivent bénéficier d'un tirage au sort pour pouvoir figurer. New York a vu toutes les grandes villes du monde imiter l'événement. New York ne sera plus jamais le marathon le plus rapide du monde, le parcours est trop dur, mais pour les New-Yorkais le symbole de ce lien entre les *boroughs* est vivant, malgré les reproches de démagogie et de commercialisation excessive. Deux éditions au moins resteront historiques. Celle de 2001, moins de deux mois après les attentats contre le World Trade Center. Et, peut-être la plus émouvante, celle de 1992. Y participa pour la première fois Fred Lebow, à soixante ans. Victime d'une tumeur au cerveau irréversible, il avait soudainement perdu la parole au cours de son discours lors d'une cérémonie officielle de remise des prix de la course. Se sachant condamné, il avait gardé cette idée incroyable de parvenir cependant à courir *son* marathon, les deux bras immobiles le long du corps. Il y parvint, déclenchant tout au long du trajet une rumeur dont les images ne donnent sans doute qu'une vision affaiblie, et cependant, comme telle, déchirante.

Fred Lebow est mort deux ans après. Il n'aura pas vu le scandale de 2012, quand le maire a souhaité maintenir la course alors que l'ouragan Sandy accumulait les cadavres à deux pas du parcours. L'épreuve fut finalement annulée au dernier moment.

Courir le marathon de la plus grande ville du monde demeure une idée forte. L'épreuve du marathon déjà, l'épreuve dont les rares arrivants étaient autrefois enveloppés dans de longues serviettes et surveillés comme si leur vie allait cesser. Mais saluer par la course les cinq *boroughs*, c'est un peu comme traverser toute la vie, toute l'humanité, et arriver à Central Park, dans les feuilles d'automne…

Enfant de Brooklyn où son père était charpentier, Walt Whitman, considéré comme le plus grand poète américain, est l'objet d'une distorsion assez spectaculaire. En Europe, et singulièrement en France, il est censé être l'homme des grands espaces, le poète lyrique et panthéiste d'un enthousiasme vital qui s'épanouit dans la nature. Le titre et le contenu de son recueil le plus célèbre, *Feuilles d'herbe*, contribuent à cette analyse :

À pied et le cœur léger, je pars sur la grand-route.
Bien portant, libre, le monde devant moi [...]
conduit partout où je voudrai [...]
J'en ai fini avec les malaises des gens casaniers,
Avec les bibliothèques, les critiques et les plaintes.
Vigoureux et content, j'arpente la grand-route.

Aux États-Unis, Whitman est perçu bien davantage comme le poète de New York. Lewis Mumford écrit : « Où qu'on aille à New York, on marche dans les pas de Walt Whitman. »

Né en 1819, Whitman s'installe dès 1835 à Manhattan, où il travaille comme typographe pour le *New World*. En 1842, il devient éditeur du *New York Aurora*, et y exalte un New York populaire qui l'enchante. Licencié, il revient à Brooklyn pour y être éditeur du *Brooklyn Eagle*, un journal démocrate dans lequel il magnifie un quartier alors indépendant.

Certes, *Feuilles d'herbe*, son livre essentiel, huit fois remanié et réédité, et qui l'accompagne tout au long de sa vie, contient beaucoup de pages consacrées à ses errances dans la ville, mais certaines éditions européennes, et notamment françaises, ne présentent souvent qu'un choix de poèmes gommant l'origine urbaine de la majeure partie de ses déambulations. La vision cosmique de Whitman encourage en quelque sorte ce hiatus, car son souffle, son énergie, son amour de la vie résonnent comme un chant bucolique, même quand il parle d'une ville qui est en passe de devenir la plus grande du monde. C'est particulièrement le cas quand il s'enflamme pour Manhattan, qui se confond avec les rêves de son adolescence. Il rend au mot son origine indienne, Mannahatta, et lui confère une force singulière, la force de Walt Whitman :

Je demandais quelque chose de caractéristique et de parfait pour ma ville,
Lorsque, voyez ! Le nom que lui donnèrent les aborigènes à mes yeux surgit.
Je vois à présent ce que peut contenir un nom,
Un mot liquide, sain, réfractaire, musical, hautain.
Je sais que le nom qui convient à ma cité est ce mot venu de jadis,
Parce que je vois ce mot appuyé dans le creux des baies, superbe,
Opulent, tout autour ceinturé de voiliers et de vapeurs pressés l'un contre l'autre.
Je vois une île de vingt-cinq kilomètres de long avec le plein roc comme base,
Ses rues sans nombre avec leur foule,
Les hauts végétaux de fer sveltes, forts et légers,
Qui jaillissent splendidement de son sol vers les yeux clairs.

« Un mot liquide, sain, réfractaire, musical, hautain… » C'est plus facile avec Mannahatta. Manhattan semble davantage replié sur lui-même. C'est le « h » qui compte le plus, parce qu'il crée cette idée de respiration que nous, Français, et autres Latins... avons du mal à reproduire quand nous entendons les Anglo-Saxons le prononcer. H aspiré, trop aspiré, aspiration maladroite à avaler d'une seule bouchée ce mot de Manhattan quand nous faisons un effort pour le prononcer à l'américaine – et dérisoirement aplati si nous le disons à la française. Aspiration à extirper de notre corps ce mot qui n'est pas fait pour lui. Aspiration impuissante à contenir cette île, centre du centre de New York, centre du centre du monde.

Au XIXe, les Américains ont deux grands écrivains. Pour Melville, New York est l'enfer, pour Whitman, le paradis. Et nous sentons bien que la ville mérite à la fois cette détestation, cette ferveur. Mais grâce soit rendue à Walt Whitman d'avoir célébré une vitalité maritime, oxygénée, de Manhattan. Son lyrisme peut nous sembler exagérément grandiose. Comme Victor Hugo, il aura vécu tout le siècle ; comme Hugo, il tutoie Dieu, et c'est pour nous un peu beaucoup. Mais cela fait du bien aussi, comme un grand vent qui passe dans la ville, et lui ressemble. Mannahatta.

En dépit des apparences, de l'opposition physique entre le grand prophète à barbe blanche et le petit juif binoclard, Woody Allen est peut-être aussi lyrique que Walt Whitman quand il célèbre sa ville. Ce sont les premières phrases de *Manhattan* :

> « Il adorait New York. Il l'idolâtrait démesurément… » Non, ça ne va pas… « Il l'idéalisait démesurément. Pour lui, quelle que soit la saison, New York était une ville en noir et blanc qui palpitait au rythme des airs de Gershwin. » Euh, non. Recommençons… « Sa vision de Manhattan était trop romantique, comme tout le reste. L'effervescence de la ville le faisait vibrer. New York regorgeait de belles femmes et de types qui semblaient connaître toutes les

ficelles de la ville… » Ah ! trop guimauve pour un homme de mon goût. Essayons quelque chose de plus profond. « Il adorait New York. »

C'est un peu comme quand Patrick Modiano s'exprime à propos d'un de ses livres. Un bafouillement charmant d'où ressortent toujours les trois mêmes adjectifs « bizarre, étrange, curieux », mais en même temps on sait que tout est dit.

Nous ne nous soumettons plus guère au diktat de l'art poétique énoncé par Boileau :

> Ce que l'on conçoit bien s'énonce clairement
> Et les mots pour le dire arrivent aisément.

Woody Allen est sincère. Et malin. Il est trop englué dans l'idée de New York pour pouvoir prendre le détachement nécessaire au moment de saluer lui-même ce lien. Nécessaire ? Pas vraiment. Nous comprenons d'autant plus ce qu'il veut dire qu'il ne le dit pas. Les mots « palpiter », « effervescence », émergent seuls de cette apologie brouillonne et raturée. Effervescent et palpitant. Les deux mots valent pour Allen comme pour New York. C'est une façon faussement maladroite de dire qu'il est lui-même sa ville. Il lui doit tout peut-être, et elle lui doit un peu.

Il a quitté sa ville, ou bien sa ville l'a quitté. Peu importe. Je sais juste qu'il reste très peu du génie de Woody dans les films qu'il a tournés en France, en Espagne, en Italie, pour s'inventer d'autres publics, une autre séduction. *Vicky Cristina Barcelona*, *To Rome with Love*, *Minuit à Paris* sont des films sans consistance, avec quelques scènes un peu amusantes. De toute façon, je suis mauvais public des films de Woody Allen dans lesquels il ne joue pas.

Mais si je fantasme New York au point de me refuser à m'y rendre, c'est beaucoup pour garder le New York que j'aime. Celui de Woody Allen. Je ne suis pas seul dans ce cas. Modiano dirait que *c'est étrange*, cette façon dont beaucoup de gens n'arrivent pas à séparer le concept de New York de l'effervescence palpitante de Woody Allen. Bien sûr, ne pas aller à New York. Parce que nous avons tellement partagé de repas effervescents et palpitants avec lui dans des restaurants où l'on ne s'occupe guère de ce qu'on a dans son assiette, où l'on se coupe la parole avec Diane Keaton, Alan Alda et Anjelica Huston, comme dans *Meurtre mystérieux à Manhattan*, tous embarqués dans la résolution fiévreuse de l'énigme policière. Pourquoi se rendre vraiment au restaurant à New York après cela ?

Pas question de m'asseoir comme Woody sous le pont de Brooklyn dans *Manhattan*. Pas question surtout d'utiliser comme lui les cabines téléphoniques. Je sais, on n'utilise plus guère les cabines téléphoniques. Mais je détesterais en faire l'usage de Woody Allen dans ses films. Car c'est fou tout ce qu'Allen apprend de grave, d'inquiétant, de capital dans ces cages de verre à croisillons. Elles sont emblématiques de son inquiétude fébrile, de son enfermement tout près des autres et toujours coupé d'eux. Mais un jour, son personnage apprend dans une cabine téléphonique qu'il n'a pas la tumeur au cerveau dont le risque le hantait. La façon dont il envahit alors l'espace de la rue est une ode à la vie incroyablement jubilatoire.

Car c'est beaucoup cela, le message de Woody, pas si éloigné de celui des marathoniens du premier dimanche de novembre. Je cours dans New York et je suis vivant. Hypocondriaque mais vivant. Mais hypocondriaque. C'est peut-être le nœud de l'osmose entre Woody Allen et New York. La plus grande ville du monde ne peut que s'inquiéter au plus profond d'elle de cet incessant dynamisme qu'on lui reconnaît partout sur la planète. Elle vit dans un élan, mais elle doit toujours se prouver des choses, et savoir sa fragilité. Ce serait un désastre pour

New York d'être incarné par un homme compact, insouciant, arrogant. Woody est son chevalier servant idéal. Au fond, il ne pense qu'à lui, il n'a peur que pour lui, il se consume de terreur en s'inventant.

On sait bien toute la distance qu'Allen a avec sa mère, dont il est le portrait. Mais dans les documentaires où on la voit parler de son fils, elle suggère des pistes plausibles. D'après elle, Allen aurait été un enfant très joyeux et souriant jusque vers l'âge de cinq ans, puis se serait tout d'un coup fermé. Interrogé à ce sujet, Woody n'en disconvient pas, et voit là l'effet d'une prise de conscience de sa propre mortalité. C'est plutôt cohérent avec ce don qu'il développera dès le début de son adolescence en devenant une incroyable machine à blagues, écrivant des chroniques pour le *New York Post* dès quinze ans, des sketchs pour des émissions à seize, et commençant ses shows au Tamiment Playhouse. Qu'est-ce que c'est qu'être drôle, avec autant d'intensité, autant de fébrilité ? Au moins une façon de désamorcer le réel, et d'être supérieur à ce qui vous arrive.

L'angoisse drôle de Woody Allen se déplacera dans New York. De sa modeste maison natale dans Brooklyn, un quartier paisible où on peut jouer dans la rue, elle gagnera West Broadway au Bitter End, dans Bleecker Street, où Jack Rollins et Charles H. Joffe le découvriront – pour la vie. Jack Rollins, Charles H. Joffe. Ces deux noms accolés, en lettrage délicat, au générique de tous les films de Woody Allen. Même quand on ne cherche pas vraiment à savoir qui sont ces deux hommes, on pressent que c'est une belle histoire d'amitié, quelque chose de mystérieux et familier qui donne envie de se blottir dans l'œuvre. Chez soi.

Tout de suite, Jack et Charles savent qu'ils seront toujours fidèles à Woody. Même quand ce dernier se désespère parce que la production a complètement bousillé son script de *What's New Pussycat ?*, sa première vraie expérience cinématographique, ils savent le convaincre que ce n'est pas grave, que ce qui compte c'est qu'il se fasse connaître, que tout le reste suivra. Une fine intuition, par rapport à l'image qu'Allen donne de lui au Bitter End. Il y a des jours où ça marche du feu de Dieu, et d'autres pas du tout. *Shy*. Rollins, Joffe et Allen évoqueront tous les trois ce mot pour qualifier la machine à blagues névrotique. On est loin du « Je sais pas si vous avez remarqué, mais… » des stand-up parisiens d'aujourd'hui, où l'humoriste impose au public le partage de son univers. Chez Allen, même dans la trivialité domestique, l'humour vient d'une autre planète. *Shy*. Avec ses trois lettres, le mot dit beaucoup. Timide, oui, mais aussi farouche, sauvage, mal à l'aise. En même temps exhibitionniste et pudique, oui, c'est un peu ça, *shy*. Et définitivement égocentrique.

Joffe et Rollins accompagneront Woody sur tous ses chemins, de l'humour désopilant des *Prends l'oseille et tire-toi*, ou *Escrocs mais pas trop* au rigoureusement bergmanien *Intérieurs*. Mais ce qui fera le socle de cette boulimie créative, ce seront ses films « entre les deux », comédies souvent désenchantées où l'humour saupoudre la tristesse, *Annie Hall*, *Hannah et ses sœurs*, *Manhattan*. Ses films les plus new-yorkais aussi.

Oscar du meilleur film, du meilleur réalisateur, *Annie Hall* est un des titres les plus incontestés. Un charme irrésistible, une maîtrise encore fraîche et déjà consommée. La scène où les deux personnages s'étourdissent d'une badinerie surjouée, sous-titrée avec leur pensée réelle, leur peur et leur envie de se découvrir et de s'aimer, est d'une virtuosité éblouissante.

Quel film égocentriste pourtant ! Le personnage d'Annie Hall, sa façon, son envie de devenir chanteuse ne tiennent pas debout. Elles donnent lieu à une longue parenthèse dans Los Angeles qui n'a pas d'autre sens que d'insister sur le caractère factice de cette ville, opposée à la *vraie* – devinez laquelle.

Embarquer Paul Simon dans l'aventure en lui donnant un rôle caricatural ne donne rien de drôle. Les flash-back sur les bons moments du couple qui terminent le scénario sont très faibles. Le charme est là cependant. Il semble être dû en grande partie au métabolisme singulier de Diane Keaton. Mais non, ce qui tient vraiment, c'est ce personnage-réalisateur qui s'adresse à nous au début du film. Il porte sur lui comme une oriflamme son complexe de n'être pas beau. Est-il sympathique ? Oui et non. Ce qui compte, c'est qu'il soit Woody. Et *shy*. Gêné, en jeune juif binoclard, et gêné aussi à la fin de sa vie, dans ses cachemires et ses velours un peu trop bourgeois, un peu trop engonçants.

Quelle chance pour New York ! L'artiste qui l'incarne est pour toujours maladroit et fiévreux, insatisfait, comme l'univers en expansion dont l'idée le terrorisait quand il était enfant. Tellement séduisant d'être si peu séducteur. Tellement plus intelligent.

Quand, pour les besoins d'un documentaire, Woody Allen revient dans le quartier de son enfance à Brooklyn, il évoque la paisibilité de l'endroit, au début des années 1940, la possibilité d'y évoluer en toute liberté. En passant devant le magasin qui a remplacé le cinéma baroque de son enfance, il lâche un « Oui, c'est un tout petit peu moins bien maintenant ! » parfaitement nostalgique. Il désigne un gros pot de fleurs, le long des marches qui montent à sa maison natale, et se souvient qu'il y cachait ses petits soldats, suscitant la fureur du propriétaire. Et puis rapidement, le critère capital est donné, il est géographique : « J'étais à un quart d'heure en tramway de Coney Island, j'allais y passer la journée ! »

Coney Island où, au tout début d'*Annie Hall*, Allen installe l'espèce de bungalow coincé sous les montagnes russes habité par la famille du narrateur. Les secousses affectives telluriques qui bousculent la convivialité batailleuse de son foyer sont comme amplifiées et symbolisées par le passage des wagonnets qui font trembler les cloisons. Mais bien qu'effervescent ce milieu nous est présenté comme beaucoup plus festif que la famille gourmée d'Annie Hall, avec sa grand-mère antisémite.

Né en 1935, Allen connut l'âge d'or de Coney Island. Une immense plage, mais surtout une invraisemblable fête foraine, tous les manèges imaginables, grande roue, montagnes russes, débauche de *frankfurters*, sandwichs à la saucisse de Francfort, courses hippiques, clubs de danse, jeux d'argent. Trois parcs d'attractions à thème géants : le Steeplechase Park, célèbre pour ses courses de chevaux mécaniques suspendus dans l'espace, à dix mètres du sol, ses jets de vapeur, ses miroirs déformants, perte en tout genre de la réalité au profit de l'illusion ; Luna Park, des minarets, des demi-lunes en stuc, le voyage sur la Lune qui attirait quatre-vingt-dix mille personnes par jour au début du XXe siècle ; Dreamland enfin, formidable reconstitution de la planète, depuis les Alpes suisses jusqu'à Pompéi et Venise, et des dizaines de milliers d'ampoules de couleur. Coney Island des années 1940, c'est l'île aux plaisirs de Pinocchio multipliée par mille. Miracle si le futur Woody Allen ne s'y est pas transformé en âne.

Mais non. Il reste un enfant ébloui, et peut-être traumatisé par l'incendie de Luna Park en 1944. Le 4 juillet 1947 est le jour du record : Coney atteint le chiffre d'un million et demi de visiteurs. Beaucoup plus tard, Woody tournera *Wonder Wheel*, où les protagonistes habitent sur place, comme la famille du narrateur dans *Annie Hall*. Se lover dans la féerie, fût-elle devenue miteuse, de Coney Island reste un rêve du réalisateur de *Wonder Wheel*. Cette roue magique, c'est la roue d'un destin cabossé, une plage où s'enlisent les rêves brisés. Allen a situé son film au début des années 1950, quand la décrépitude de Coney Island s'annonce, puis devient sidérale, sidérante, à la mesure de tous ses artifices menacés. Bientôt, Coney Island, ça sera surtout cette plage grouillante de corps enchantés de leur promiscuité que les magazines américains afficheront aux yeux du monde. Le New York prolétaire que Woody Allen a aimé, comme on aime ses illusions, son enfance, sa jeunesse. Pouvoir se payer un penthouse dans l'Upper East Side est sûrement un plaisir. Mais vivre sous les montagnes russes à Coney Island est beaucoup mieux : c'est un fantasme.

Une mer menaçante, houleuse, dans une nuit indécise où persiste une lumière lourde, d'un gris étouffant. Le plan est repris plusieurs fois et rythme les désaccords et les rancœurs entre les personnages. Après un premier suicide au gaz raté, on sent que la mère bafouée va trouver là l'issue fatale. Geraldine Page s'avance résolument sur la plage, entre dans le flot, et s'engloutit très vite. Flyn, sa fille la plus insatisfaite, la plus écorchée, la plus fragile, est la seule à l'avoir vue et s'élance, trop tard. Suprême ironie du sort, elle sera sauvée par le bouche-à-bouche de sa belle-mère détestée.

Tous les clairs-obscurs, les beiges et les bruns, tous les tons froids font d'*Intérieurs* le film le plus désespéré, le plus esthétiquement travaillé de Woody Allen, une forme d'hommage à l'angoissant talent d'Ingmar Bergman. Dialogues sans issue, désirs de s'expliquer comme pour mieux remâcher l'amertume d'une solitude inextricable. C'est un peu le bout du bout de l'aventure humaine disséquée.

Intérieurs est tourné aux Hamptons, ce paradis de la vie arty et mondaine où les intellos décadents de New York vont vivre la saison, sans se mêler vraiment à une bourgeoisie plus fermée et plus ancienne de joueurs de golf.

Est-ce encore New York ? Officiellement, ce nord-est de Long Island appartient à l'État de New York, les *boroughs* de Brooklyn et du Queens en font géographiquement partie. C'est à la fois New York et beaucoup plus loin, un paradoxe de luxe ostentatoire et de profonde austérité, quand la vie, le soleil s'en retirent, que l'opulence des maisons de bord de mer devient d'une froideur implacable de psychanalyse. Le New York intérieur de Woody Allen.

Être bercé tout au long de ces tunnels sans soleil et sans étoiles vous donne une étrange impression de partir Dieu sait où, dans un fourgon qui se cogne à des terres improbables, et semble à destination de la brume et de la nuit des temps, votre identité n'éclatant qu'aux brusques passages dans les stations familières.

Raillé à la fin de sa vie pour ses frasques et son intimité avec les célébrités, détruit par la drogue et l'alcool, Truman Capote a pourtant su dire dans *Les chiens aboient* ce qu'on ressent, nous aussi, quand on pénètre dans l'atmosphère du métro new-yorkais au travers de scènes de films ou dans les photos. Un métro tellement poisseux, tellement oppressant et méprisant pour la condition humaine qu'il ne peut être qu'une espèce d'orgueil à l'envers, une affirmation paradoxale de la supériorité de la vie ici, puisque la vie ici peut supporter cette infamie d'être brinquebalée dans un enfer aveugle. Il faut à l'idée de New York cette vie souterraine étouffante, qui semble perpétuellement livrée à la moiteur, à l'entassement, à une sorte de pourrissement global et collectif, d'où émerge étonnamment une vibration très forte de la conscience de l'existence. Si je suis à ce point rien, alors je suis quelqu'un.

Un réseau métropolitain comme une gageure, a priori. Irriguer tous les *boroughs* d'une cité formidablement étendue, coupée par de multiples voies d'eau. Le début du XXe vit l'accomplissement de cette tâche titanesque. Deux cent soixante kilomètres accessibles, jusqu'aux confins du Bronx et de Brooklyn. Les métros sont rarement les lieux les plus agréables d'une ville. Mais dans la plus grande cité du monde, l'anonymat, la promiscuité, le sentiment que la vie doit se résigner à n'être par longues stases qu'une parenthèse de la vie prennent une ampleur spéciale. Du temps passé, perdu, des graffitis partout, sur les murs et sur les wagons, un enfer de la ville. Mais malgré tout cela, à cause de tout cela, on est dans la vraie vie.

1842. Le premier voyage de Charles Dickens aux États-Unis n'est pas une partie de plaisir. Il évoque son bateau, le *Britannia*, « qui roulait bord à bord, tantôt au sommet d'une montagne, tantôt au creux d'une vallée profonde, ses mâts submergés à chaque nouveau plongeon ; et l'orage ruisselait à travers le hublot, terrifiant ». Quant à la cabine : « Je ne sais pas à quoi la comparer. Le plus petit box d'un salon de thé est beaucoup plus grand. » Son premier coup d'œil sur la terre américaine ? « Un violent vent glacé soufflait droit devant nous ; la rive était gelée et le froid très intense. » Fred Kaplan, son minutieux biographe, clôt ainsi l'expérience :

Furieux et apeuré, en partie parce qu'il se méfiait de la nouvelle technologie, en partie

> parce qu'il avait sous-estimé les dangers d'une traversée hivernale, il décida que pour rentrer, il ne prendrait pas de bateau à vapeur. Durant tout son séjour, il ne cessa de répéter combien le voyage qu'il avait fait avait été dangereux. Et quand, six mois plus tard, il prit le chemin du retour par un délicieux temps de juin, il embarqua sur un voilier américain à l'ancienne mode, le *George Washington*.

Dickens a trente ans. Il a déjà publié *Pickwick*, *Oliver Twist*, *Nicholas Nickleby*, *Esquisses de Boz*. Son succès aux États-Unis est immense. Dès que le *Britannia* accoste, « une douzaine de rédacteurs de journaux sautent à bord au péril de leur vie pour l'interviewer ». Dickens ne vient pas à New York par souci de publicité. La loi de l'époque est ainsi faite que la prodigieuse vente de ses livres sur le territoire américain ne lui rapporte pas un dollar. Il vient surtout pour conforter en lui l'idée que ce pays neuf pratique une politique humanitaire que l'Angleterre devrait lui envier, et écrire à ce sujet ses réflexions. Il n'a pas du tout envie de trouver le sujet d'un roman. D'emblée, sa célébrité fait écran : « Il ne put apprécier ni juger la nature véritable de la vie aux États-Unis, où, débordé par sa propre célébrité, "l'inimitable Boz" était considéré comme un personnage appartenant à son public, un lion en cage venu d'Angleterre pour être présenté à la foule. » Au bal Boz, donné à New York le 14 février, il dansa le quadrille au milieu de trois mille personnes, jusqu'au moment où il ne fut même plus capable de tenir debout. La salle était décorée de médaillons à son effigie, et des tableaux vivants représentaient des scènes tirées de ses romans. Partagé entre la vanité et le dégoût, il jugea néanmoins qu'il n'avait jamais rien vu de plus « splendide, fastueux et brillant ».

La référence aux *Esquisses de Boz* a de quoi nous surprendre. Il s'agit du tout premier livre publié de Dickens, à vingt-deux ans. Un recueil de chroniques sur la vie quotidienne qui n'eut pas d'écho en France, éclipsé par le triomphe de *Pickwick*, et qui est pourtant d'un humour et d'un esprit d'observation extraordinaires pour un aussi jeune auteur. Les êtres humains ne sont pas tout d'une pièce. Charles Dickens moins que personne, avec sa nature chaleureuse, empathique, qui le rend sensible aux débordements flatteurs tout en préservant son acuité critique. Dickens sera déçu par les États-Unis, ses *Notes américaines* en seront le témoin, mais aussi le portrait qu'il donnera de New York dans *Martin Chuzzlewit*, le roman qu'il écrira à son retour en Angleterre. Son héros éponyme est choqué dès son arrivée au port par la trivialité et l'obscénité qui l'assaillent :

> Les crieurs de journaux ne se bornaient pas à les clamer avec des hurlements aigus par toutes les rues, grandes et petites, de la ville, sur les quais et au milieu des navires amarrés, mais le faisaient aussi sur le pont et dans les cabines du vapeur qui, avant de toucher terre, fut abordé et envahi par une légion de ces jeunes citoyens : « Demandez *L'Égout de New York*, édition du matin ! criait l'un. Demandez *Le Poignard de New York*, édition du matin, demandez *L'Espion des familles de New York* ! Demandez *L'Oreille en coin* de New York ! Demandez *Le Voyeur de New York* ! Demandez *Le Pillard de New York* ! Demandez *Le Guette-au-trou de New York* ! Demandez *Le Charivari de New York* ! Demandez tous les journaux de New York. Demandez tout sur la dernière affaire d'escroquerie en Alabama, et le sensationnel duel au poignard de l'Arkansas, et toutes les nouvelles de la politique, du commerce et des potins mondains. Demandez ! Demandez ! Demandez le journal ! »

Martin Chuzzlewit n'a pas encore mis pied à terre quand il voit tous ces jeunes crieurs de journaux s'égosiller sur les quais. Mais son expression doit être assez significative pour qu'un passager s'approche et entame avec lui un dialogue passablement offensif : « C'est par des moyens aussi éclairés que les passions bouillonnantes de ma patrie trouvent à s'exprimer. »

Comme il regardait Martin et qu'il n'y avait personne d'autre dans les parages, celui-ci inclina la tête et dit :

« Vous faites allusion à… ?

– Au palladium de la liberté rationnelle chez nous, monsieur, et à la terreur de l'oppression étrangère au-dehors, répondit le personnage en montrant de sa canne un vendeur de journaux d'une saleté peu commune. À l'envie du monde, monsieur, et aux dirigeants de la civilisation humaine. Permettez-moi de vous demander, ajouta-t-il en frappant lourdement le pont du fer de sa canne, de l'air d'un homme avec lequel il est hors de question de tergiverser, ce que vous pensez de ma patrie ?

– Je ne suis guère en mesure de répondre à cette question, dit Martin, étant donné que je n'ai pas mis pied à terre.

– Mais je suppose que vous ne vous attendiez pas, monsieur, dit le personnage, à contempler des signes de prospérité nationale tels que ceux-ci ? »

Il montra du doigt les bateaux mouillés le long des quais, puis fit avec sa canne un vague moulinet comme s'il entendait inclure l'air et l'eau dans sa remarque.

« À vrai dire, dit Martin, je n'en sais rien. Si, je crois que je m'y attendais. »

Le personnage lui jeta un regard entendu, et dit qu'il appréciait sa tactique. C'était naturel, dit-il, et il se plaisait, en tant que philosophe, à observer les préjugés de la nature humaine.

Dans la suite de la conversation, le « personnage » se révélera être le directeur du *Charivari de New York*, de retour d'un voyage en Angleterre.

À l'inverse de son héros Martin Chuzzlewit, Dickens n'est pas arrivé pas à New York en anonyme. Mais le dialogue de fiction suggère de manière transparente la façon dont l'auteur de *Pickwick* a été tout de suite pris en main, analysé, suspecté de réflexions qu'il avait à peine eu le temps de se formuler. C'est le prix à payer et n'empêche pas de se sentir par ailleurs heureux d'être un hôte de marque. Pendant son séjour, Dickens aura ainsi tout loisir d'être critique, et en même temps enchanté du tourbillon de sa gloire personnelle.

Charles Dickens. Un nom très connu. Une littérature bien méconnue. De temps en temps, une météorite à contre-courant comme le livre de René Belletto[1], six cents pages brillantissimes consacrées aux seules *Grandes Espérances*. Mais la plupart du temps, l'idée d'un auteur pour enfants, des souvenirs de lecture liés à des versions abrégées de *David Copperfield* et d'*Oliver Twist*, à un conte de Noël, ou pour les plus anciens à des adaptations télévisées de *Pickwick* typiques de la méprise dickensienne car anecdotiques et nécessairement dépourvues de leur substance réelle, l'écriture. Malgré cela surnage le concept de « grand écrivain » un grand écrivain qu'on ne lit guère. Dès les premiers temps de ma passion pour Dickens, j'ai vu la difficulté à se procurer certains des neuf tomes de La Pléiade. Un conseil en passant, commencer par les deux premiers textes publiés, *Esquisses de Boz* et *Pickwick*, incroyablement jubilatoires, et puis pour les romans par *De grandes espérances*, d'une si étrange et prenante atmosphère.

Dickens est un écrivain fabuleux, généreux, partageur d'humanité et tellement lucide. Un fleuve, une sorte de Victor Hugo qui saurait être drôle – et Dieu sait si l'auteur des *Misérables* est dépourvu d'humour. De son vivant,

1. René Belletto, *Les Grandes Espérances de Charles Dickens*, éditions P.O.L, 1993.

par l'étendue de son écho en Angleterre et aux États-Unis, le plus grand écrivain mondial. Une vie assez courte au demeurant, cinquante-huit ans, et tant de romans si denses, de plus de mille pages. J'oserai dire : une vie abrégée par New York.

Il est un aspect de la vie de Dickens que l'on connaît peu : le succès de ses lectures publiques. Elles débutent en 1857, et sont concomitantes de ses premières difficultés de santé, notamment cardiaques. Le mot « lecture » ne convient pas tout à fait. Ce sont de véritables prestations théâtrales, et avec leur succession l'auteur n'éprouve plus le besoin de tenir le livre en main. Dickens se produit partout en Angleterre, dans des salles toujours combles, devant des assistances de plus de deux mille personnes parfois. Et les gens pleurent, et les gens rient, comme dans les livres de Dickens et plus que dans la vie. Pour l'auteur, c'est une ivresse. Le livre devient chair et reste livre en même temps. Et Dickens donne et reçoit infiniment, vibre et se consume.

Ce sera littéralement le cas lors de son second voyage aux États-Unis, en 1867 et 1868. Vingt-cinq ans après. Dickens traverse une mauvaise passe sur le plan physique. Sa dernière tournée anglaise de lectures l'a épuisé. De nombreux malaises, une douleur récurrente au pied gauche. Mais il imagine trop ce que pourrait donner auprès du public américain cette façon qu'il a désormais de se donner en spectacle, au grand dam de son seul vrai ami, Forster, qui craint pour sa santé et trouve dégradante cette envie de se livrer en public. Malgré son fils, malgré son médecin, malgré Forster, Dickens va partir outre-Atlantique pour une très longue tournée.

C'était un immense succès en Angleterre, aux États-Unis, c'est un triomphe. Le public américain adore l'expressionnisme délirant avec lequel l'auteur de *Pickwick* se livre en pâture. Le procès de Pickwick est d'ailleurs le grand moment du spectacle, on imagine un peu avec quelle emphase dans le tragi-comique. Dickens trouve qu'en vingt-cinq ans la démocratie américaine a fait des progrès et va plutôt dans le bon sens. Il fait patte de velours avec les journaux new-yorkais qu'il avait vivement critiqués lors de son premier voyage. Mais sa santé se détériore de plus en plus. Il a recours au laudanum pour soulager ses douleurs, ses angoisses. Dans la journée il demeure la plupart du temps couché, incapable d'envisager de pouvoir monter sur scène le soir. Mais, à chaque fois, il trouve les ressources nécessaires pour répondre à l'attente fervente que sa venue suscite. Son épuisement, ses malaises, ses oppressions lui donnent des idées noires. À Washington, il rencontre des proches d'Abraham Lincoln. L'assassinat du président américain qui a aboli l'esclavage est encore dans toutes les mémoires et date de deux ans à peine. Les amis de Lincoln racontent comment ce dernier évoquait juste avant un rêve prémonitoire. Dickens est très sensible aux prémonitions. Désormais, dans toutes ses rencontres il mimera l'instant avec une espèce de frénésie morbide, se glissant dans la peau du Président comme s'il mettait en scène sa propre mort.

Les deux dernières dates officielles à New York semblent au-dessus des forces de l'auteur. Le 18 avril 1868 d'abord, un fastueux banquet organisé par la presse même qu'il avait tant décriée, au Delmonico. Dickens arrive avec plus d'une heure de retard, le pied gauche bandé, sans chaussure. Il a quand même l'énergie de se lancer dans un long discours de remerciement pour l'accueil de la ville et de l'Amérique tout entière. Le 29 avril, le pied toujours bandé, utilisant pour la première fois un tabouret afin de se reposer par intervalles, il donne sa dernière lecture, qu'il essaie de faire suivre de quelques mots personnels qu'il doit abréger. Au plus profond de lui, il est à la fois heureux de tout ce qu'il a offert, et soulagé de penser qu'il va revenir en Angleterre. Il n'y croyait plus trop.

Charles Dickens meurt un peu plus d'un an après, sans jamais avoir recouvré la santé. Mais il a pu aller au bout du match.

Dickens-New York. L'homme qui sait donner. La ville qui sait prendre.

Pendant la plus grande partie de ma vie, la possibilité de me rendre à New York n'était même pas envisagée : je n'avais jamais pris l'avion. Cela semblait une boutade, surtout lorsque j'affirmais que ce n'était pas le voyage qui me faisait peur. Quand, en 2008, on me proposa de me rendre aux Jeux olympiques de Pékin pour commenter l'athlétisme, mon hésitation ne concerna pas une seconde le mode de transport. Durant le trajet, un détail délicieux : sur le petit écran qui simulait le vol apparut durablement le nom d'Irkoutsk, me replongeant dans les pages les plus brûlantes de *Michel Strogoff*. Arrivé à l'hôtel, je croisai dans le hall Stéphane Diagana et Richard Dacoury, deux champions mythiques devenus consultants. Ils partaient en excursion pour la Grande Muraille. Ils me proposèrent chaleureusement de les accompagner. À peine le temps de poser ma valise et je partais avec eux. Je n'avais pas dormi de la nuit. Sur la Grande Muraille, ils marchaient d'un pas naturel pour eux, mais qui me promettait l'infarctus si j'insistais pour les suivre. Je m'assis donc par terre et attendis leur retour. Deux heures après, je me laissai inviter par Richard Dacoury dans un petit restaurant au pied de la Muraille. Le soir même, je me retrouvai dans le « Nid d'oiseau », le stade olympique, aux côtés de Patrick Montel et Stéphane Diagana, sans avoir pris le moindre repère pour commencer mon nouveau métier. Autant dire que la conscience d'être à Pékin se trouvait quelque peu décalée, bousculée – et ma théorie sur les voyages-qui-ne-sont-pas-des-voyages confortée. Prendre l'avion, c'est voyager en supprimant le voyage.

Auparavant, j'avais reçu une sollicitation de Grégoire Leménager, journaliste au *Nouvel Observateur*, qui évoquait un déplacement à New York avec en perspective une rencontre littéraire et quelques jours de liberté. Devant ma réticence, il me proposa même d'effectuer le voyage en bateau. Ça, c'était bien tentant. Découvrir New York par le port, comme Tintin, ou comme les premiers émigrants ! Mais ce n'était pas une période de vacances et j'étais professeur.

Une autre proposition fut beaucoup plus récurrente, et est toujours plus ou moins en suspens. Elle émanait d'Olivier Barrot. Ce grand bourlingueur littéraire a coutume d'aller une fois par an à New York avec un écrivain. Je ne pouvais plus envisager d'invoquer comme excuse ma virginité aérienne, déflorée par Pékin. J'aime bien Olivier Barrot, sa faconde sensible pour suggérer en deux minutes l'univers d'un auteur et la substance de son style. Au fil des ans, nous avons noué des rapports d'amitié. Hypermnésique, il connaît tout du cinéma et tout de l'athlétisme – pour ne parler que de ces deux domaines où je peux l'accompagner un peu. La perspective de New York avec lui était plaisante. Mais elle se heurtait à un obstacle de taille : le principe de ce livre que vous êtes en train de lire, et dont l'idée me suit depuis longtemps.

Je ne sais pas dire non. C'est un défaut. Je dis presque toujours peut-être. Dans le cas d'Olivier Barrot, c'était un « peut-être » sincère. Pourquoi pas, mais seulement après avoir écrit mon *New York sans New York*. C'était remettre à des calendes grecques pas si lointaines. Mais j'avais tort de penser qu'une fois le livre terminé, je pourrais rompre avec une sorte de coquetterie mentale en me rendant enfin à New York. Plus je plonge dans mon New York fantasmé, plus je sens que cette réalité onirique ne supporterait pas la transgression. Ce serait impossible. Aussi impossible et catastrophique que de passer une soirée avec Marcel Proust ou Charles Dickens.

Dans *Call It Sleep*, Henry Roth laisse son narrateur dresser ce constat : « Ici, dans la 9e Rue, ce n'était pas le soleil qui vous submergeait quand vous sortiez de la maison mais des sons, une avalanche de sons. »

La 9e Rue, pas si loin de Washington Square, mais plus près encore de Tompkins Square, un parc qui fut à la fin du XIXe le cœur de la colère sociale des chômeurs, à qui l'on avait fait des promesses non tenues. Entre cette époque et, cent ans après, l'embourgeoisement du quartier, qui fut à l'origine d'un couvre-feu destiné à réduire les nuisances sonores, l'ère bouillonnante du Lower East Side tel que l'a connu Henry Roth. On se trompe toujours quand on essaie d'imaginer la bande-son d'un quartier. Même si l'on peut recollecter les éléments qui faisaient la rumeur, la façon dont ils devaient se mêler, leur ampleur, la sensation juste, quand on ouvre la porte pour aller dans la rue, se sont dissoutes dans l'espace et le temps. Rien pourtant qui traduise davantage l'intensité de vie, la note juste de la vie.

On peut alors simplement rêver de ce bruit.

Au cœur du quartier juif, au cœur de l'enfance de Henry Roth, il y avait forcément des cris d'enfants, des hurlements de colporteurs, tous les brinquebalements des voitures à chevaux, dans ces années 1910, probablement aussi les sirènes des bateaux de l'East River. Des éclats séparés, qui se mélangent et assaillent en avalanche quand on sort de chez soi. Le souvenir d'une sensation dominante, d'autant plus intense qu'on voudrait la garder en mémoire. Dans la phrase de Henry Roth on entend aussi : « Vous ne pouvez pas imaginer ce bruit. » C'est vrai pour son lecteur et sûrement pour lui. Quelque chose qu'on possède, et qu'on a perdu cependant. Comme un regret, comme un remords du bruit.

L'est de cette 9e Rue, le quartier d'enfance de Henry Roth donc, au cœur du Lower East Side, le quartier juif emblématique de New York. Pauline Peretz, qui a dirigé le volume de la collection *Bouquins* consacré à la ville, écrit :

> La première ville juive du monde n'est ni Tel-Aviv ni Jérusalem, elle se trouve aux États-Unis, et c'est New York avec ses presque deux millions de juifs. Jamais dans l'histoire de la diaspora une métropole n'en compta un si grand nombre – entre 1920 et 1960, un New-Yorkais sur quatre était juif, venu, lui ou ses parents, de Russie, d'Europe centrale ou plus tard de l'Europe occupée par les nazis. Mais le nombre seul ne suffit pas à faire de New York une ville juive. Elle l'est surtout parce que les juifs y ont laissé une

profonde empreinte. Ils se sont approprié des quartiers entiers, ont transformé de nombreuses activités, marqué les combats politiques, produit une littérature abondante sur une expérience urbaine unique, et enrichi le parler local.

Si par la suite les juifs new-yorkais se sont dispersés partout dans la ville, en vertu de leur formidable pouvoir d'adaptation à toutes les technologies nouvelles, à toutes les tâches intellectuelles, c'est bien le Lower East Side qui reste le creuset de leur présence. La synagogue d'Eldridge Street, le Tenement Museum d'Orchard Street, les échoppes de fripes, le souvenir d'une vie de leurs ancêtres souvent misérable et humiliée, mais courageuse et singulière, ont établi là les racines du peuple sans terre. La plupart des hommes étaient fourreurs, casquettiers, tailleurs, horlogers, maçons ou serruriers. D'autres, ainsi que toutes les femmes cousaient, dans les *sweatshops*, mais aussi dans les appartements. La Shoah a rendu plus mythique encore ce yiddishland où s'est inscrite l'énergie d'une humanité éternellement chassée.

Le mythe de New York reste jeune grâce à l'idée juive. Même si par essence le peuple élu reste le peuple exilé. Même si les juifs ont changé souvent de classe sociale, ont pris la parole, écrivains, cinéastes, avocats, hommes d'affaires, une ombre de discrimination, d'hostilité continue de planer. Elle est d'autant plus forte qu'elle reste plus cachée, plus secrète et insidieuse que la ségrégation raciale. C'est comme un rapport au monde à jamais placé sous le signe de la rébellion, de la souffrance subie et transcendée. On peut bien sûr rêver sur les photos, les histoires du Lower East Side, les gosses dans les rues, les gens dormant les nuits d'été échelonnés sur les perspectives arachnéennes des escaliers de service pour échapper à la moiteur des appartements surpeuplés. Mais c'est plus fort de voir comment aujourd'hui tous les anciens émigrants venus de cette vie en ont gardé la fierté, le goût du bonheur et celui de l'autodérision en gagnant tous les quartiers, en gagnant une aura décalée, en dessinant l'éternité d'un stigmate susceptible, d'une blessure jamais refermée.

La photo est prise dans le Lower East Side par Charles W. Cushman pendant la Seconde Guerre mondiale. Le quartier n'est plus tout à fait le ghetto urbain qu'il constituait au début du XXᵉ siècle, quand il était le plus peuplé du monde. Son identité juive n'en apparaît pas moins très clairement. De grands caractères hébraïques sur les enseignes des magasins. Des noms, Ziegelheim, Levine, Rebeccas's Yarn Shop. Les façades de brique sont curieusement à la fois alourdies et allégées par l'enchevêtrement des *fire escapes*. C'est le trottoir qui est le vrai sujet du cliché. Un trottoir très large, à l'évidence un lieu de vie qui compte. La photo est colorisée, ce qui donne toujours cette tonalité à dominante rose pâle un peu brumeuse qui filtre la lumière, et dispense une sorte d'éternité plutôt accueillante et douce.

Trois préadolescentes au premier plan. L'une d'elles est appuyée sur une bouche d'incendie. Elles portent des manteaux bleus ouverts, on doit être en mars ou en avril. Elles ont une expression enjouée mais grave, tout à leur discussion. On sent que cette halte va se poursuivre, elles sont peut-être en avance pour aller au lycée. C'est sûrement un des meilleurs moments de leur journée. C'est bien d'être comme ça chez soi sur le trottoir, et de pouvoir y dire ce qu'on ne se dit pas en famille ou en cours.

À Amsterdam, ce jour-là, une jeune fille du même âge a des secrets seulement pour son *Journal*, et ne sait plus le goût de la lumière.

Georges Simenon est le grand écrivain des atmosphères. La façon dont il parvient à traduire, dans sa fausse-vraie autobiographie *Pedigree*, la substance de la ville de Liège est extraordinaire. De même, on pourrait réaliser une anthologie avec les premières pages de ses *Maigret* : un recueil sur Paris, les sensations éprouvées en fonction des aléas climatiques dans Paris. Partout, d'Ostende à Porquerolles, Simenon dit le goût des choses et le rythme de la vie. Bien plus que pour l'analyse des caractères, il a ce don pour peindre juste et vrai. Cela devient même stupéfiant lorsque, déjà âgé et richissime, il s'installe en Suisse dans une villa luxueuse et réfrigérante. Celle-ci ressemble davantage à une clinique qu'à un lieu de vie. Mais il parvient encore à évoquer sans effort le bœuf mironton de Madame Maigret, l'eau-de-vie de prune du docteur Pardon et les petits matins sur la Seine.

On n'en est que plus surpris et déçu en lisant les deux romans qu'il a situés à New York : *Trois Chambres à Manhattan* et *Maigret à New York*. Des noms propres bien sûr, et une action, mais c'est à peu près tout. Pas de grain, pas de saveur. Pour un fanatique de Simenon, il est plutôt décevant de lire une description comme celle-ci :

> L'appartement était tout petit, tout bête, un appartement comme il devait y en avoir des milliers à New York, avec le même cosy-corner dans le salon, les mêmes tables basses, les mêmes guéridons et les mêmes cendriers près des fauteuils, à portée de la main, le même tourne-disque et la même bibliothèque minuscule, dans un angle, près de la fenêtre.

C'est au point qu'on se pose des questions sur une telle panne de talent, qui correspond peut-être à un épisode particulier dans la vie personnelle de l'auteur, vers 1945-1946, ou à son rapport avec une production littéraire trop contractuellement imposée. Mais il doit y avoir autre chose, une piste spécifique que semble indiquer ce passage dans son essai *Au chevet du monde malade* écrit la même année :

Si je vous disais que New York est une grande, une très grande ville de province, sans doute vous moqueriez-vous de moi. Et pourtant, à cinq cents mètres des plus hauts buildings, vous pouvez voir, le soir, des gens qui prennent le frais, en bras de chemise sur le trottoir, comme cela se fait encore dans certains quartiers de Paris, et qui bavardent paisiblement entre voisins. Ceci a, pour moi, beaucoup plus d'importance que tout le reste.

On comprend cette idée d'un éternel humain dans un éternel urbain. L'auteur de *Maigret* devait prendre plaisir à fustiger ainsi des clichés trop répandus sur la singulière et géante cité. Mais Simenon n'est pas seul en cause. Il y a New York aussi. On ne saurait dire que New York fait sa coquette. Mais elle est susceptible, orgueilleuse en tout cas. Quand on en fait, comme Paul Auster dans *Cité de verre*, une métaphore de l'anonymat, quand on écrit, comme Simenon, qu'elle est comme toutes les autres villes, elle se venge : elle ne se dit pas. On peut s'y perdre, on peut peut-être y vivre comme ailleurs. Mais elle est autre chose.

Cet autre chose que je cherche dans une ville où je n'irai jamais. Cet autre chose qui existe dans ma tête parce que je n'irai jamais. Quelque chose d'irréductible. Quelque chose de Woody Allen. Quelque chose de juif.

Un peu étrange de penser ça comme ça. À cause peut-être d'un dialogue du film *Les Chariots de feu* entre les deux héros sprinters, le catholique Eric Liddell et le juif Harold Abrahams. Ce qui mène Abrahams, et qui fonde sa judéité, il l'explicite ainsi : « Je resterai toujours insatisfait. » J'aime imaginer la vie du Lower East Side et sa mouvance, je me sens juif dans mon envie, dans ma recherche. Il y a un plaisir profond à savoir qu'un désir restera une inquiétude, un ailleurs insatisfait. Inentamé.

Je ne crois pas que j'aurais pu cristalliser, focaliser ce besoin d'antivoyage sur un autre continent, une autre ville. Aimer New York, fantasmer New York, c'est se balader sur d'interminables voies d'accès en sachant bien que le centre du centre restera impénétrable. À New York, les sources de vie jaillissent comme les bornes d'incendie dégoupillées par un enfant et qui déclenchent les rires alentour, une fraîcheur insolente et libre au cœur de la touffeur d'été. New York, c'est ce que je possède sans l'avoir édulcoré. Pas une solution. Un éternel problème en mouvement. L'expérience des autres ne m'est rien. Simenon peut toujours me raconter qu'ici c'est comme ailleurs. Lui qui sait dire toutes les atmosphères s'est trompé de regard parce qu'il y a vécu. On peut être de New York, il y a mille façons d'y être né. On ne peut pas en être le passager. Comment devenir passager d'un tout qui s'échappe sans cesse ?

Raymond Depardon a beaucoup photographié New York. Sa photo sans doute la plus célèbre n'est pas ma préférée. On y voit une adolescente noire en robe d'été qui glisse son visage dans l'interstice d'une palissade pour regarder l'Empire State Building au loin. Le symbole est joli, l'alignement rectiligne entre l'ouverture de la palissade et le centre du gratte-ciel peut-être trop parfait. Je trouve surtout que cette photo très connue ne rend pas vraiment compte du travail de Depardon sur New York. Car son regard sur la ville est plutôt âpre, souvent inquiétant, parfois ironique. On y voit ainsi un père Noël très mince et jeune d'allure arpentant mains dans les poches un sentier de Central Park. Dans les rues, les avenues, les passants sont séparés les uns des autres. Quand ils se rapprochent, comme ces jeunes femmes noires appuyées contre un mur et attendant un bus, c'est sans aménité, chacune renfermée en elle, pas de sourire. Parfois, la précipitation urbaine couche les silhouettes en avant, et les immeubles dessinent des lignes de fuite en entonnoir, en oppression. Sur un trottoir enneigé, un passant noyé dans un vêtement sombre, encapuchonné, à peine un bout de visage qui dépasse, plus loin un homme sous un parapluie, des voitures indifférentes, une solitude. Le regard inquiet d'une jeune femme sanglée dans un imperméable, et qui se retourne. Un homme d'une soixantaine d'années, mâchoire et regard durs, et des gratte-ciel inclinés qui semblent fermer son destin. Une femme d'un certain âge en manteau de fourrure, un bandeau sur l'œil. En contrepoint du trafic flou, la douceur vient d'un reflet dans une flaque d'eau. On entend la rumeur, et le silence méfiant des humains, chacun dans son histoire, dans son île. Rien de racoleur, rien de lyrique, une vérité sourde, un peu angoissante.

Le jour de l'assassinat de John Lennon, le 8 décembre 1980, Raymond Depardon est à New York. Le 14 décembre, il sait qu'un hommage silencieux doit être rendu à l'auteur d'*Imagine* dans Central Park. Depardon s'est muni d'une petite caméra 16 mm dont l'autonomie doit lui permettre de filmer la scène. Le plan-séquence qu'il prendra des dix minutes de silence est bouleversant. Depardon est dans la foule, il y a des gens allongés partout. « On est vraiment dans quelque chose d'autre que le cinéma. Il y a des gens qui pleurent et d'autres qui viennent de Wall Street en imperméable, impeccables [...]. On voit aussi que ça ne les gêne pas d'être filmés. [...] Je filme autour de moi sans savoir si je tourne à gauche ou à droite. À un moment, sans doute vers 4-5 minutes, je me dis : ton plan-séquence est foutu, tu ne peux pas marcher. »

La vérité, rien de plus que la vérité, rien de plus que le silence. Tant de gens séparés. Mais ensemble.

Wollman Memorial Rink. C'est le nom de la patinoire en plein air dans Central Park. Trois mots qui apparaissent sur la légende d'une photo en noir et blanc des années 1950. Les patineurs sont très espacés, sans doute novices, ils se tiennent par la main deux à deux, quelques couples, et surtout des enfants avec leur père ou leur mère. C'est un matin d'hiver ensoleillé, les ombres sont encore longues. Le commentaire dit que l'endroit est utilisé en été pour le patin à roulettes.

Les patineurs sont beaucoup plus nombreux vingt ans après, quand Oliver, le héros de *Love Story*, se fraye avec peine un passage pour dessiner des huit sur la glace. Il lève tout le temps les yeux vers Jenny, assise toute seule sur les gradins au-dessus de la piste. Elle lui sourit, et le sourire reste un long moment sur ses lèvres avant qu'elle ne prenne un masque discret de souffrance dès qu'il ne la regarde plus. Il se rapproche enfin du grillage, et lui demande si elle veut un chocolat. Elle accepte, dit qu'elle va le lui payer, que ça lui rappellera le temps où elle le faisait vivre.

Le plan d'après se joue dans la cafétéria blottie contre la patinoire. « C'est toujours toi qui me fais vivre », dit Oliver. Ils sont attablés contre la vitre. Il est beau, ce moment de chocolat chaud et de pulls d'hiver, la vie des gens qui glissent juste à côté d'eux. Jenny demande s'ils peuvent prendre un taxi. On sent Oliver presque gagné par la perspective d'un dimanche comme les autres, avec un programme :

– Où veux-tu aller ?

– À l'hôpital.

Il est obligé de la soutenir pour marcher dans la neige jusqu'au taxi. C'est prenant aussi et très austère, New York dans le grand froid. Le taxi jaune enrobé de neige sale, le trottoir gelé, le petit écriteau rouge qui met en garde contre le danger de glissade.

Un film sentimental bien sûr, avec une musique de Francis Lai trop appuyée. Mais je suis pris, comme je l'avais été aussi en lisant le roman d'Erich Segal. L'originalité tenait à la crudité du dialogue amoureux. Toute corruption de tendresse était accompagnée entre Oliver et Jenny par un langage de charretier, ressenti à l'époque comme presque ordurier. Au cinéma, il y a un charme invincible à voir les mots grossiers fleurir sur les lèvres si fines d'Ali MacGraw, et traduire sa fine façon de penser et d'aimer.

Elle meurt très vite à l'hôpital. Dans la porte à tambour, en sortant, Oliver croise son père qui lui dit :

– Je ne savais pas. Je suis désolé.

Oliver lui répond :

– L'amour, c'est ne jamais avoir à dire : je suis désolé.

Love means never having to say you're sorry. On voyait cette phrase en anglais sur les affiches du film en France, et sur le livre. Tout le monde comprenait. Tout le monde aimait l'idée. Jenny avait dit ça un soir de dispute, entre deux jurons tendres.

Oliver laisse là son père et va marcher tout seul. Central Park est désert. Il va s'asseoir sur les gradins, juste à la place où Jenny le regardait briller en dessinant des huit.

1950. Mon année de naissance. Jack Kerouac a vingt-huit ans. Il publie *The Town and the City*. Un peu étrange de penser que le premier livre du pape de la Beat Generation me fait la courte échelle à travers le temps.

La composition en abyme ne s'arrête pas là. Peter Martin, le personnage du livre de Kerouac, connaît déjà New York. Mais déprimé après une errance infructueuse, il ne sait rien de la ville, et se complaît dans une approche infinie :

> Il y a de nombreuses façons d'entrer dans New York, pour se rendre jusqu'au cœur battant de la ville – Manhattan – mais il n'y a qu'une façon qui révèle parfaitement l'ampleur, la beauté et la merveille de cette grande ville. [...] Le meilleur moyen, c'est de prendre l'autobus,

> l'autobus du Connecticut qui traverse le Bronx, le long du Grand Concourse, jusqu'à la Huitième Avenue, et de là, le long de la Neuvième Avenue qui mène jusqu'au carnaval de lumières de Times Square.

Le vrai moyen, le meilleur moyen d'atteindre New York dans son essence, dans sa chair. La problématique de Kerouac rejoint ma rêverie. À bord de l'autobus du Connecticut, Peter Martin tente de s'immiscer, de pénétrer dans le regard de la vieille dame qui partage la banquette avec lui, fasciné par ses réactions, car il sait que pour elle c'est la première fois, et que la première fois à New York est une expérience inégalable. Impatiente et inquiète, elle pose des questions, mais s'entend répondre « qu'on n'est qu'à Larchmont, ou seulement à New Rochelle ». Son désir de New York s'exaspère, la traversée du Bronx n'en finit pas, mais au seuil de l'extrême lassitude elle entend soudain le mot « Harlem », et le sourire revient, inonde son visage. Tout s'accélère alors, Central Park gifle les vitres du car comme un mirage, des milliers de taxis jaunes tout autour de l'autobus, et Times Square, déjà le terminus au bout d'un désert infini d'espace informe où le désir s'est épuisé.

Ah oui, cette longue quête dans le brinquebalement d'un autobus, des tours étalées, et puis qui se multiplient, encerclent dans l'abstraction, avant que des lumières prennent sens, s'incarnent dans un nom. Je prends le bus mental de Kerouac pour atteindre l'idée.

Dans l'alentissement des autobus, des trains, quand les banlieues passent de rien à une présence hésitante, puis à une longue désespérance d'anonymat, de grisaille, avec seulement des feux rouges rapprochés, c'est toujours un écœurement, une mélancolie pour éprouver l'envie. Mais à New York ! Le ciel ou l'océan sont les moyens les plus purs pour atteindre la ville absolue. Kerouac, le vagabond démiurge, nous dit qu'il faut l'atteindre sur la route, par la route. Du côté où les hommes s'épuisent à l'approcher, finissent par renoncer, inventent l'infini d'une banlieue comme un autre Océan. Plus fort, plus grand que l'air ou l'eau, le sortilège épuisant de la banlieue comme une épreuve, dans un voyage initiatique. Par l'autobus du Connecticut.

C'est incroyable comme il semble que les choses viennent vers soi, quand on se plonge dans un sujet. Je me souviens de l'époque où j'écrivais mon roman *Autumn*, centré autour de la personnalité de Dante Gabriel Rossetti. Tout d'un coup, les images préraphaélites convergeaient vers moi, dans des vitrines, des magazines, sur des couvertures de disque. Je n'avais pas a priori le sentiment de partir pour New York en partant flâner comme à mon habitude dominicale dans les petites brocantes normandes. C'est pourtant là que j'ai découvert deux ouvrages délicieux : *Londres comme je l'ai vu* et *New York comme je l'ai vu*, texte et dessins par Charles Huard, Paris, Eugène Rey, libraire-éditeur, 8, boulevard des Italiens. Deux livres du tout début du XXe siècle.

Quand il y a vraiment sentiment de découverte, l'image s'imprime et s'associe au décor. Je revois la halle de Lyons-la-Forêt, la maison couverte de vigne vierge, les géraniums sur l'appui des fenêtres, et, devant, sur le trottoir pavé, un stand assez méticuleusement rangé. Dans des casiers, des livres reliés, souvent en provenance de bibliothèques publiques. Le principe de mes deux trouvailles était à la fois simple et des plus rares : un vrai dessinateur, doué pour le croquis comme pour les portraits, et plus encore pour les scènes de la vie où les gestes et les attitudes s'inscrivent très naturellement dans le théâtre de la rue. Un trait fouillé et léger, parfois ironique et toujours très précis. Comme une exactitude nonchalante, qui paraît précéder les mots. Beaucoup de dessins, de tailles différentes, au moins un par page, et quelquefois une mise en pages syncopée, faussement hasardeuse.

Charles Huard, un nom tout à fait oublié, un vrai talent pour saisir et pour sentir. *New York comme je l'ai vu* est précédé d'une note de l'éditeur :

> *New York comme je l'ai vu*, le nouveau livre de Charles Huard, n'est pas un ouvrage littéraire, mais simplement un carnet de croquis

> complété par des notes, le tout conservant la saveur d'impressions et d'esquisses faites d'après nature par un artiste toujours amusé, notant au hasard de ses promenades les choses pittoresques ou caractéristiques qui le frappent, sans souci de psychologie ou de documentation.

Le commentaire de M. Eugène Rey sur son auteur est d'une modestie abusive. Le texte est bien davantage que cela, plutôt long et dense, et s'il donne toujours l'impression de la légèreté, c'est que la vie elle-même reflétée par le regard de Charles Huard prend des airs de promenade, même quand le réel évoqué devient plus noir. Charles Huard devait être promeneur professionnel. Ses livres avaient du succès, il est aussi l'auteur d'un *Berlin comme je l'ai vu*. Mais l'oubli de son nom donne à la singularité de ses projets un pouvoir étonnant. Il semble en y plongeant que l'on y vit la vérité d'une époque.

New York comme je l'ai vu. À l'époque des brumes stylistiques du symbolisme, ces mots proclament un rapport à la réalité authentique et sans chichis. Il y a promesse d'un vrai regard, de simplicité et d'authenticité. À propos de New York, André Billy, auteur trop oublié lui-même, et qui collabora avec Huard, nous en dit un peu plus. La femme de Charles Huard était américaine, et le dessinateur flâneur vécut plusieurs années à New York, d'où il revenait une fois par an pour un voyage éclair à Paris, afin de rencontrer des éditeurs et signer quelques contrats. Sa grande œuvre graphique fut l'illustration d'une édition de *La Comédie humaine*. Billy nous décrit un Huard normand d'origine, grand, mince, avec une longue mèche de cheveux blonds, des lunettes d'écaille, un tempérament joyeux, et une propension à la moquerie qui faisait sa fortune dans les caricatures journalistiques et autres scènes de genre.

New-yorkais spectateur, Huard s'est mêlé à toutes les fournaises de la ville, avec toujours un coup de crayon et une alacrité de plume distanciés, où l'on sent la jubilation d'un homme qui a su échapper au vertige du capitalisme :

> Quand ici l'on s'enquiert de la situation sociale d'un homme, quatre-vingt-dix-huit fois sur cent la réponse est celle-ci : *He is a business man*, c'est un homme d'affaires. Ce mot *business* revient à tout instant, il est dans toutes les bouches, de toutes les conversations, et semble le cri de ralliement de toute la population, à côté de cet autre mot, *dollars*, qui est son complément. Dans ce pays, on ne dit jamais d'un

homme : « Qu'est-ce qu'il est ? », on demande : « Qu'est-ce qu'il vaut ? », et c'est par un chiffre qu'il faut répondre. Mais pour bien comprendre ces choses, pour recevoir dans toute sa force l'impression de l'immense ville, pour deviner enfin la seule puissance qu'elle adore, c'est dans Broadway, dans Wall Street, au cœur même du quartier des banques et des spéculateurs, qu'il faut aller.

De 7 heures du matin à 8 heures du soir, le *subway* qui y mène est impraticable. Sur les quais la circulation est impossible, la lutte de ceux qui entrent contre ceux qui sortent inénarrable, et un étranger qui y pénètre est aussitôt pris dans les courants contraires, soulevé, enlevé, meurtri, mis en miettes et rejeté dans les escaliers, parmi la montée et la descente ininterrompues de gens pressés, escaladant les marches quatre à quatre.

Hurry hup ! L'important est d'aller vite. Ascenseurs, téléphones, tout est combiné pour gagner du temps. Les restaurants annoncent des *Quick lunchs for business men* – repas rapides pour hommes d'affaires – et devant Trinity Church, au bas d'une affiche indiquant les messes, on peut lire ceci en grosses lettres : *Short services for business men* – courts offices pour hommes d'affaires.

Rien que pour ce dernier trait, la lecture de Charles Huard valait la peine : Dieu est prié de se dépêcher un peu, les affaires sont les affaires !

Ils sont onze, assis sur la poutre métallique. En plein ciel. On se sent les jambes flageolantes rien qu'en regardant la photo. Comment peuvent-ils être aussi détendus, souriants ? Certains plongent dans leur casse-croûte, d'autres ont la cigarette au bec, ou se penchent vers leur copain pour lui en allumer une. En dessous d'eux, le vide est vertigineux, hallucinant. On les appelle les *skyboys*, et ils sont fiers de ce surnom. On dit que beaucoup sont d'origine indienne, et que les Indiens sont peu sensibles à la notion de vertige – une idée reçue qui fera longtemps d'eux les laveurs de carreaux des gratte-ciel new-yorkais. Sur une autre photo, ils lèvent tous le bras, saluent le photographe, la casquette à la main. Mais beaucoup d'autres sont des Yankees, on l'entend bien à leur accent nasal, à leur diction enjouée, précipitée. Car il y a un film aussi, colorisé et parlant. On y voit des ouvriers faire la causette à l'angle d'un échafaudage comme ils pourraient le faire au coin d'un comptoir de bar.

La plupart des photos sont prises pendant la construction du Chrysler Building, en 1929. D'autres tout aussi spectaculaires ont été réalisées un an plus tard, lors de l'édification de l'Empire State Building. L'une des plus effrayantes montre deux hommes éloignés de quelques mètres, à l'encoignure d'une structure incroyablement frêle. Et que dire de ces deux ouvriers poussant leur brouette sur une planche de trente centimètres de large ? Ils savent qu'ils sont pris en photo bien sûr, cela se sent à quelque chose de surjoué dans leur désinvolture apparente. Comment penser toutefois qu'ils ne restent pas en même temps parfaitement concentrés ? Et comment se dire surtout qu'il n'y a pas eu de victimes ? Les commentaires n'en parlent pas. Tout doit concourir à l'image d'une Amérique triomphante. Mais on est en 1929, en 1930, en pleine dépression. Le Black Thursday de Wall Street date du 24 octobre 1929. On se bat pour travailler. Les *skyboys* sont fiers, et pauvres, et exploités.

Dans le cas du Chrysler Building, le contraste a quelque chose d'obscène. Tout est d'un tel luxe dans ce *skyscraper* qui ne restera que pour un an le plus haut du monde, mais qui demeure le plus arrogant, avec ses gargouilles figurant la calandre des automobiles Chrysler, l'acier chromé de sa pointe illuminée le soir, à l'intérieur une accumulation de marbre, de boiseries, de lustres Art déco.

Pour l'Empire State Building, au-delà de son incontestable record de hauteur, avec ses 381 mètres, le pouvoir viendra aussi de l'isolement, au croisement de la Cinquième Avenue et de la 34e Rue, éloigné de tout rival. Le rythme effréné de sa construction profitera de la chute des prix provoquée par la Grande Dépression.

La course au ciel a tenu une grande place dans l'imaginaire new-yorkais. À chaque fois qu'on trouve des commentaires sur un des gratte-ciel emblématiques on lit : « qui fut pendant tant d'années le plus haut du monde ». Mais les records sont faits pour être battus, et l'orgueil invaincu n'existe pas. Il y a des spécificités plus durables : originalité un peu comique pour l'effilement triangulaire du Flatiron, avec sa structure de fer à repasser, élégance du Woolworth, luxe du Chrysler, solitude de l'Empire State. Le

11 Septembre a par ailleurs aboli le sens des surenchères algébriques.

Il reste l'unité de la *skyline*. Et la signature invisible, et le visage goguenard et déchirant des *skyworkers*.

Deux photos noir et blanc magnifiques. La première a pour sujet une scène assez récurrente chez les photographes de New York. Une borne d'incendie et des enfants qui s'aspergent tout autour. Mais celle-ci est très composée, en plan moyen, avec projection en enfilade sur toute la vie d'un large trottoir un jour d'été. Devant, à gauche, la structure métallique noire d'une rampe d'escalier, à droite un panneau d'interdiction de stationner. C'est un groupe de jeunes qui a déclenché et maîtrise l'aspersion. Deux sont torse nu, un peu en retrait, deux autres accroupis contre la borne, indifférents à la mouillure et à la violence du jet. Ce qui rend la situation presque palpable, ce sont la frilosité et l'envie mêlées de quelques enfants plus jeunes, disséminés sur le trottoir. L'un d'eux s'est approché, mais reste quand même à bonne distance, et la tête rentrée dans les épaules. Ce doit être un quartier populaire, mais sans doute pas Harlem, car il n'y a qu'une petite fille noire sur une dizaine d'enfants. La rue semble peu passante. Deux adultes, un homme qui traverse la rue, au loin une femme qui s'éloigne, indifférente. La seule ombre, massive, est celle de *tenements* sur la rue, mais le trottoir est en plein soleil, et l'on devine un dégradé irisé dans le nuage d'eau. La vie, le temps, l'été, le trottoir tout entier appartiennent aux enfants.

Même sentiment pour la seconde photo. Un enfant seul sur un trottoir. Il se sert d'un cadre de bois comme d'une échelle, pour regarder à l'intérieur d'un immense carton. En retournant le cliché, on peut lire : *Contents television receiver*, et en très grosses lettres : *Bumont*. Ce n'est pas une photo mise en scène. Le gamin a l'air fasciné, bien installé dans une rêverie incertaine. On n'imagine pas une voix adulte le rappeler à l'ordre, ou lui intimer l'obéissance. Il semble complètement libre et absorbé, entre une berline compacte et une volée d'escaliers. On devine que tout doit être trépidant, tout près, mais il y a une concentration et un silence intérieur infinis.

Deux photos de Vivian Maier, période newyorkaise, entre 1951 et 1956, quand elle était déjà une femme solitaire, qui avait choisi pour vivre de devenir nounou parce qu'elle ne savait rien faire d'autre. Enfin si. Elle savait prendre des photos. Elle s'était acheté un Rolleiflex de professionnel, et elle sentait que c'était là son langage, son rapport au monde. Secrets. Tout au long de sa vie, elle prendra plus de cent cinquante mille images, à New York, Chicago et Los Angeles. Quand elle mourra en 2009, les frères Gensburg, que Vivian Maier a élevés à Chicago entre 1956 et 1973, publieront cette notice dans le *Chicago Tribune* :

> Vivian Maier, originaire de France et fière de l'être, résidente à Chicago depuis ces cinquante dernières années, est morte en paix lundi. Seconde mère de John, Lane et Matthew. Cet esprit libre apporta une touche de magie dans leur vie, et dans celle de tous ceux qui l'ont connue. Toujours prête à donner un conseil, un avis, ou à tendre une main secourable. Critique de film et photographe extraordinaire. Une personne vraiment unique, qui nous manquera énormément et dont nous nous souviendrons toujours de la longue et formidable vie.

Tout au long de son existence, les photos de Vivian Maier restèrent inconnues et non publiées, un grand nombre de négatifs n'ayant par ailleurs pas été développés. Elle connut de grosses difficultés financières. Les frères Gensburg l'installèrent dans un appartement près du lac Michigan. En décembre 2008, elle glisse sur une plaque de verglas, se blesse à la tête. Les Gensburg veillent sur elle et la font entrer dans une maison de retraite médicalisée. Elle meurt le 20 avril 2009. Deux ans plus tôt, et sans que les Gensburg le sachent, les frais de stockage de ses cartons au garde-meuble étant impayés, les appareils photo, les négatifs et les bobines de film furent mis aux enchères, et achetés par John Maloof, Ron Slattery et Randy Prow.

Tous trois découvrent une œuvre gigantesque, d'une qualité esthétique stupéfiante. La passion sans mots de toute une vie. Un sens de l'humain éclatant, que seuls quelques enfants auront pu côtoyer, pour en garder une gratitude infinie. Une belle et triste histoire, qui commence sur des trottoirs de New York et gardera jusqu'au bout son secret, son silence.

Le Vilain Petit Canard ; *La Princesse au petit pois* ; *L'Intrépide Soldat de plomb* ; *La Petite Sirène* ; *La Bergère et le Ramoneur* ; *La Petite Fille aux allumettes* ; *La Reine des neiges* ; *Les Habits neufs de l'empereur* : un peu partout dans le monde, les contes de Hans Christian Andersen sont des classiques de la littérature pour enfants. Mais aux États-Unis, le rapport avec l'auteur danois a toujours été particulier. Témoin l'initiative de cette petite Américaine qui, en 1875, quelques mois avant la mort de l'écrivain, lui adressa une lettre, un dollar, et une coupure de presse lançant un appel aux enfants d'Amérique pour aider Andersen à vivre correctement. Ému, l'auteur fut aussi passablement embarrassé, car quoique peu riche il n'était pas du tout nécessiteux, et surtout, le seul pays où on le payait vraiment pour ses livres était précisément les États-Unis. Il envoya un message au rédacteur en chef du *Philadelphia Evening News* pour dissiper l'équivoque, mais rien à faire : ce fut un raz-de-marée de générosité enfantine, tellement spectaculaire que le Danemark se sentit obligé d'en faire autant.

Aussi n'est-on pas surpris que la statuaire américaine témoigne de son attachement à l'auteur de *La Petite Sirène*. Bien sûr, les deux statues représentant Andersen que l'on trouve au pays de l'oncle Sam ne sont pas aussi célèbres que celles du port de Copenhague – celles, car il y a désormais deux petites sirènes, à quelques centaines de mètres d'écart, l'originale, et la seconde, censée être plus esthétique que l'originale, constamment décriée, ayant été érigée en 2006.

On trouve donc une statue d'Andersen, assez hautaine et en tout cas inaccessible, dans le Lincoln Park de Chicago. L'autre est à New York entre la Cinquième Avenue et la 74ᵉ Rue, et relève d'une philosophie très différente. Une statue de bronze, mais qui, malgré la froideur du matériau, par l'attitude de l'écrivain et par sa place dans la ville, appelle à une familiarité émouvante, et dont on peut penser qu'elle plairait à ce grand ami des enfants. Assis sur un banc de pierre, Andersen est un peu penché sur le côté, sa main droite appuyée sur le banc, et son bras gauche tenant la couverture d'un livre épais posé sur son genou. À ses pieds, le vilain petit canard regarde la scène. Car scène il y a, assez étonnante, et en quelque sorte programmée, ou au moins suscitée : une petite fille en tenue estivale est confortablement installée dans le livre lui-même, qui lui sert de siège et de dossier. Une autre est grimpée sur les épaules de l'auteur, et fouille dans un sac de bonbons, le coude posé sur la tête d'Andersen, sans apparemment l'agacer ni déranger sa chevelure. Cette photo légendée précise qu'il s'agit d'un don fait en 1956 par la ville de New York à l'École danoise, et que les enfants sont invités à admirer le monument et à lui grimper dessus.

Cela doit changer un peu l'auteur de *La Reine des neiges*, qui avait pour public à la fin de sa vie les enfants de la famille royale danoise. Mais cela s'accorde à la douceur extrême de son regard, très apparente sur les portraits photographiques ou picturaux que l'on a de lui, même si l'on sait qu'Andersen, comme tous les humains, était un peu double, avec une gentillesse naturelle qui n'empêchait pas de sérieuses velléités paranoïaques. Mais après tout, quand on veut plaire aux enfants… L'auteur danois semble subir cette gymnastique sans trop s'effaroucher, et New York joue bien sur ce coup-là.

Oui, il me manque la rumeur, et surtout ses paliers. Est-ce qu'elle monte d'un ton à Greenwich Village ou sur Broadway, et davantage encore sur les ponts de Brooklyn et de Manhattan ? De quelle manière décroît-elle quand on quitte les avenues, qu'on s'éloigne vers les confins de Brooklyn ? De quelle manière persiste-t-elle, avec quelle sensation d'éloignement, dans Central Park ? Qu'entend-on en s'y allongeant sur l'herbe ? Empêche-t-elle de se parler tout bas, assis sur un des bancs à Bryant Park ?

Bien plus encore, il me manque les odeurs, et c'est beaucoup mieux ainsi. Reconnaître des odeurs, ça serait chercher des traces, avoir l'illusion de débusquer des pistes familières, et je ne veux pas de cette ambiguïté-là. Comment ne pas se sentir chez soi quand un parfum de café vous assaille ? Je ne veux pas être chez moi.

Y a-t-il des odeurs inconnues ? Peut-être, sans doute, je n'en saurai rien. Elles n'ont de sens que si un jour on les retrouve. Et New York est un lieu où dans toutes les époques je vis au présent. Je veux y éprouver. Je ne veux pas m'y retrouver.

Un trottoir de Harlem à la fin des années 1950. Sept enfants noirs autour d'un ballon de basket. Enfin, pas tout à fait autour. Les trois petites filles sont en retrait, d'avance disqualifiées pour l'exercice. L'une d'elles est beaucoup trop bien habillée pour jouer au ballon, avec ses chaussures vernies noires, son manteau parfaitement boutonné. À ses côtés, une deuxième plus rondelette en imper clair sourit au photographe, et paraît ravie de l'intermède, mais sans même l'idée d'y participer. La troisième plus sportive, dans sa tenue comme dans son attitude, semble plus frustrée d'être évincée. Car les quatre jeunes mâles, le dos courbé, la main déployée, l'un d'eux presque accroupi, ne vont pas abandonner leur trésor rebondissant comme ça.

On sent que le basket est leur affaire. C'est bien avant que la mode du basket américain ait gagné la France. Et c'est un peu étrange, car elle y est venue depuis, et s'est presque effacée. Ce qu'il en reste ne fait plus vraiment référence à des champions et des équipes mythiques d'outre-Atlantique. Simplement un panier installé contre le mur d'un garage, ou un panneau amovible de petite taille, souvent près d'un toboggan fluo et d'un trampoline, dans un jardin au sol inégal. Le jeu, le seul jeu, c'est le tir, le shoot.

Les enfants de Harlem n'ont pas de panier. Leur expertise, leur talent, c'est la maîtrise du ballon, le rebond jusqu'au ras du sol, l'envie de feinter, de mystifier l'adversaire. Un art qui peut s'exprimer sur un trottoir, même s'il y a des passants, même si c'est manifestement dimanche, que le jeu n'était pas au programme, qu'à tous les coups un des gamins va se rouler par terre avec son beau cardigan et se faire disputer par sa mère en rentrant à la maison. Un code prévisible, excitant et rassurant, un risque nécessaire. Dribbler, briller, impressionner les filles. Ou les faire râler.

Après une enfance et une adolescence en France, Martine Hahn Arenella a passé l'essentiel de sa vie à New York, puis s'est retirée à Greenwich, dans l'État du Connecticut. Connaître une amie new-yorkaise entretient bien sûr ma mythologie, mais la décante aussi, comme si la proximité mentale donnait des valeurs contrastées à l'idée de distance, sans la réduire en rien.

Je ne me sens pas assez proche de Martine pour lui demander toutes les raisons qui l'ont poussée à quitter la plus grande ville du monde. Même quand il s'agit d'un choix, j'imagine qu'il ne doit pas être si simple. Je la connais assez pour souhaiter connaître ce qu'elle en a regretté. Je la laisse parler :

Ce qui me manque le plus, c'est l'incroyable diversité de cette ville. Il y a des gens de tous bords, de toutes les nations, tous les groupes ethniques, toutes les couleurs. Cela donne à la ville une grande force et une grande énergie. C'est une ville très fatigante et très bruyante, mais c'est aussi cela qui me manque. C'est un challenge de tous les jours de surmonter cette adversité, de survivre. On a l'impression que cela nous rend plus fort, même si c'est épuisant. Je dirais que dans l'adversité de New York on trouve un sens à sa vie, il y a une sorte de fierté à vivre à New York, à être new-yorkais. N'est pas new-yorkais qui veut. Ça se mérite. C'est un combat que l'on mène au jour le jour.

La ville de New York n'est pas belle, mais elle est attachante. Certains quartiers se distinguent, comme le Village, avec ses maisons individuelles et ses rues qui vont un peu dans tous les sens, à l'inverse du reste de la ville qui est quadrillée. Ou encore le quartier de la Bourse avec ses immeubles Art déco. Mais en règle générale les immeubles sont laids et sombres, rarement ravalés.

C'est le parcours du combattant pour aller d'un point A à un point B, car les rues sont bondées et les gens ne flânent pas, ils foncent. Il y a tout un protocole pour marcher sur les trottoirs et pour traverser, un protocole plutôt anarchique, car il faut une stratégie pour arriver à ses fins. Et c'est la même chose dans les métros. Il faut être fou pour aimer cette ville, mais c'est la magie de New York. Il n'y a pas de mot pour décrire ce que l'on ressent dans les rues de New York, tous nos sens sont attaqués et l'adrénaline coule à flots. Ce n'est pas pour tout le monde. Paris c'est la province, à côté !

Ce que j'aime à New York, c'est que, tout en restant chez soi, on la sent gronder, vibrer, rugir. Elle n'est jamais silencieuse, et son énergie traverse les murs. C'est comme une drogue. On n'arrive pas à y résister. On dit que les personnes qui ont vécu à New York pendant des années et qui l'ont quittée savent exactement le nombre de kilomètres qui les séparent de la ville et le temps qu'il leur faut pour la rejoindre. Leurs vies se calculent par rapport à New York.

« Tous nos sens sont attaqués et l'adrénaline coule à flots. » Les mots de Martine sont la plus forte déclaration d'amour qu'on pourrait faire à un humain, et elle les adresse à une ville. La ville pour toujours.

C'est un film muet de quelques minutes. Il a été tourné en 1983 et devrait me ravir, car il réunit deux créateurs que j'aime, et deux silhouettes que j'aime aussi. L'élégance longiligne un peu élastique de Jean-Michel Folon, la réserve faussement crispée du petit Woody Allen. Tous deux prennent la lumière, ont un être dans le monde qui s'accorde à leur univers créatif.

Ils sont dans Central Park. L'automne est déjà bien accompli. Assis sur un banc, les pieds dans les feuilles, ils se taisent. Allen lit un journal. Folon semble désœuvré. Il saisit une clarinette posée à côté de lui – la clarinette de Woody, évidemment. Il l'utilise comme une longue-vue, et paraît tout à coup découvrir quelque chose au loin. Il tape sur l'épaule de

Woody, veut lui faire partager sa découverte. Allen regarde un bon moment dans l'instrument sans manifester le moindre enthousiasme. Pendant ce temps, Folon a saisi le journal et s'est mis à le lire.

C'est tout. Ils se lèvent, marchent dans les feuilles. Allen a récupéré le journal et Folon la clarinette. Ils n'échangent rien d'autre et semblent résignés, ou satisfaits, on ne sait pas trop. Ils avancent à pas lents, comme deux somnambules.

Ça sonne faux. Quelque chose dont on serait censé dire : « C'est génial. » Une référence à tout ce qu'on aime, Chaplin, Tati… Hommage et complicité. Ça s'appelle *La Rencontre*, déjà un titre bien prétentieux.

1983. Jean-Michel Folon est à l'apogée de sa notoriété, et il en est de même pour Allen. Folon, qui dessinera les affiches de *September* et de *La Rose pourpre du Caire*, vit une année très spéciale, mandaté par l'émission *Le Grand Échiquier* pour aller filmer aux quatre coins de la planète tout ce qui peut lui passer par la tête. Il a scénarisé la séquence, a voulu ce côte à côte prestigieux. Prestigieux : c'est cela qui est raté. Chacun des deux sait le juste poids médiatique qu'il pèse, et cette conscience fausse tout le jeu – au demeurant bien dérisoire.

Woody Allen a accepté. Folon en a été heureux. Difficile de se méfier assez de sa propre célébrité. Elle peut permettre des rencontres, et donner une liberté. Elle peut aussi vider les choses de toute substance. New York n'a pas marché. Ce qu'il reste de la rencontre ? Juste l'idée d'enfoncer profondément ses pas dans les feuilles d'automne à Central Park.

J'ai commencé à me procurer des cartes postales envoyées de New York en France par des touristes français. Le principe de la carte postale, texte à gauche, adresse à droite, laisse peu de place à une analyse personnelle. Dans le cas de New York, il y a un équilibre rédhibitoire entre la massivité du sujet au recto – souvent un montage de plusieurs gratte-ciel, organisé autour de la référence centrale, la statue de la Liberté, ou un ensemble de photos nocturnes – et les quelques lignes de narration au verso, les cartes des années 1980-1990 s'étourdissent de cette virtuosité technique consistant à conglomérer plusieurs clichés. L'effet sur le lecteur est beaucoup plus stéréotypé, moins poétique que l'image unique dans laquelle il est davantage possible d'« entrer », de pénétrer une atmosphère.

Il s'agit par ailleurs moins de dire que de suggérer : « J'ai pensé à vous. » Je ne peux m'empêcher de penser à cette élève de ma mère qui lui avait gentiment adressé une photo du gouffre de Padirac avec cette phrase : « Devant cette merveille de la nature, j'ai pensé à vous. » On retrouve souvent à propos de New York : « Beaucoup de choses à vous raconter », « Nous vous raconterons nos impressions à notre retour », et on imagine ce que cela pourra être : le gigantisme posé en étendard étouffant, quelques réflexions générales, puis des anecdotes beaucoup plus particulières, avec des prénoms qui entrent en jeu. Pour le lecteur non concerné, c'est amusant d'associer une trilogie frontale Empire State Building, Woolworth Building, statue de la Liberté, à l'adresse :

Monsieur et Madame Duval François
Mon Idée
Auvillers-les-Forges

« Mon idée. » Maryse et Jean ont signé la carte. Leurs enfants ? Des amis ? Ils écrivent : « Sommes vraiment enchantés de nos vacances où tout est nouveau. » Maryse et Jean aiment donc un monde où tout est nouveau. Pour les vacances, ou pour la vie ? Et dans la perspective d'un déferlement d'existences contiguës suggéré par la carte, quel lien privilégié conservent-ils avec « Mon idée » ?

Nombre d'écrivains du XXe siècle nés dans les quartiers pauvres de Manhattan ou dans les faubourgs les plus misérables des autres *boroughs*, comme s'ils craignaient l'incrédulité de leurs lecteurs, mettent une sorte de hargne sans doute cathartique ou rédemptrice à partager l'alcool amer de leur mémoire.

Ainsi, Alfred Kazin évoquant Brownsville dans A *Walker in the City*, en 1951 :

> Nous étions plus près de l'Océan que de la ville, mais notre plage était Canarsie, à cette époque le plus grand déversoir d'ordures où je fis mes premières et mes plus sinistres promenades en direction de la ville. Canarsie. Un endroit qui symbolisait si bien les ordures que, sur la scène des music-halls, son seul nom soulevait les rires.

> Ce n'en était pas moins le chemin que nous prenions, les soirs d'été, pour aller vers l'Océan, à travers des rues silencieuses bordées de vieilles maisons toutes cassées, dont les façades victoriennes avaient l'air de sang caillé mêlé de suie.

Ainsi, Jerome Charyn, dans *The Catfish Man*, en 1980, à propos des poissons-chats de la rivière Bronx :

> Dans l'enclave de juifs polonais qui dominait jadis sa rive ouest, de Longfellow Avenue à Crotona Park, le poisson-chat était une créature sur laquelle on devait compter ; compagnon de jeu, boîte à ordures (il n'avale pas seulement vos boîtes de conserve, mais le papier, la paille de fer, et les semelles de caoutchouc) et, dieu de la Gadoue, on en riait et on le massacrait.

Ainsi encore, Henry Miller dans *Black Spring*, en 1936 :

> Je me rappelle avec intensité, comme gravés à l'eau-forte, les murs et les cheminées atroces, couverts de suie, de l'usine de boîtes de conserve en face de chez nous. [...] Je me rappelle les forges avec la lueur rouge des fournaises, et les hommes qui marchaient vers la gueule embrasée,

> d'énormes pelles à la main, tandis qu'au-dehors on voyait les moules de bois pareils à des cercueils, traversés par des tiges de fer sur lesquelles on s'accrochait les tibias ou on se rompait le cou. [...] Le monde était compris dans les limites du 14e district.

Ces trois-là, et tant d'autres, brûlent de cette urgence de nommer leur passé infernal dans New York, non pas pour fuir la ville de leur enfance, mais au contraire pour y trouver le secret de leur rage de dire et d'exister. Écrire pour dire à New York : « Le mal que tu m'as fait j'ai su le sublimer, je t'ai vécu comme une épreuve, et je salue en toi l'hostile intégrité de l'adversaire. »

Postulat : New York est *la* ville. Elle le reste indiscutablement et sans effort, parce que je suis très peu voyageur, et que je n'encours pas le risque qu'elle devienne un jour *une* ville. Est-ce une idée précieuse ? Je trouve, oui.

Peut-être qu'au fond de moi je suis un paysan, comme tous mes ancêtres. J'aime le pouvoir qu'avaient pour les paysans d'autrefois ces deux simples mots : la ville. « Elle a rencontré un gars de la ville. » Craindre la ville, ou bien la désirer. Mais il n'y en avait qu'une dans leur tête, une entité qui recouvrait toutes les vies qu'ils n'avaient pas, et toutes les villes aussi.

À force de morceler, d'émietter le mot « ville », d'avoir mis un peu de moi à Rouen, à Paris, à Bruges, à Venise, j'ai entamé l'idée.

Mais il y a New York, tellement absolue, tellement au-dessus. En partie parce que c'est ainsi, en partie parce que je le veux ainsi. Que je n'y aurai jamais le moindre rite, la moindre certitude. New York, ma ville de paysan.

Il y a des mots qui par leur euphonie, leur rythme, leur cadence, résonnent de façon particulière. Il en est ainsi de Madison Square Garden. Les trois noms sont indissolublement liés. Chacun d'eux ne suggère aucunement l'univers de la boxe. Mais ensemble, ils n'en sont pas moins l'essence décantée. Ce sont des noms qui rebondissent sur le ring, élastiques et lyriques. Quand on entend : « Au Madison Square Garden de New York », ce préambule semble qualifier à lui seul la portée d'un événement, et déploie un décor à la fois spécifique et si reproductible.

En noir et blanc. Un ring éblouissant de blancheur sous le feu du carré de projecteurs suspendus au-dessus à cinq mètres de hauteur. Plus haut encore, une couronne de haut-parleurs. Et c'est tout. Une salle bondée, toujours. Deux boxeurs, une culotte foncée, l'autre claire, un arbitre en blanc. Tous les plus grands ont boxé là, de Joe Louis à Cassius Clay. Les plus élégants, comme Cassius, y ont marqué davantage leur territoire, par leur façon féline de tressauter sur la pointe des pieds, la garde un peu basse, avec une intention de désinvolture affichée, ou simulée. Sugar Ray Robinson fut de ceux-là, et gagna dans ce noir et ce blanc ce qu'il fallait pour s'acheter une Cadillac rose et s'afficher avec elle dans la 124e Rue, à Harlem, devant son café-bar Sugar Ray's, à côté du magasin Ray Robinson's Enterprises.

Cassius, Sugar Ray. Des noms qui ont prolongé le prestige de cette expression : « le noble art », que les Anglais avaient donnée à la boxe. Mais on le sait bien. Derrière le simulacre de décontraction, de provocation, la boxe enfante surtout la peur et le danger, le commerce véreux des bookmakers, la fréquentation de la pègre ou de ses banlieues, les destins fracassés, les anciens boxeurs aveugles, faméliques, oubliés. Tous connaissaient ces risques-là, mais auraient tout donné quand même pour officier dans le temple sacré. Madison Square Garden.

Deux Hommes dans Manhattan. Un film de Jean-Pierre Melville, 1959. En noir et blanc. Fèvre-Berthier, héros de la Résistance et diplomate français, est curieusement absent d'une séance importante aux Nations unies. Moreau, journaliste à l'AFP joué par Melville lui-même, est missionné pour élucider l'énigme. Afin de mener son enquête, il sollicite l'aide de Delmas, photographe de presse alcoolique et peu scrupuleux, mais qui en sait beaucoup sur les secrets nocturnes de la ville.

Commence alors une déambulation fascinante qui dure toute la nuit, dans des lieux très variés, Mercury Theatre, siège de la maison de disques Capitol, mais aussi des cabarets et bars cosmopolites et parfois fangeux. C'est que la vie du parfait citoyen et père de famille Fèvre-Berthier s'avère compliquée en ce qui concerne les liaisons féminines. Les « deux hommes dans Manhattan » finissent par retrouver le diplomate mort dans le studio d'une de ses conquêtes.

La poursuite fiévreuse et méthodique est émaillée de nombreuses lampées de bourbon ingurgitées par Delmas. Elle est rythmée surtout par de fréquents trajets automobiles, d'abord en taxi, puis dans la voiture de Delmas. Ce sont de longues silhouettes glissant dans la nuit, une Plymouth Belvedere, une Chrysler New Yorker, une DeSoto Diplomat, toutes les voitures que je possédais enfant en Dinky Toys et dont je fais aujourd'hui la collection. Elles prennent un pouvoir délétère et séduisant en pourchassant la mort et le danger dans les avenues balayées par les phares, éclaboussées sur les trottoirs par le néon des publicités, et tous ces noms égrenés par les personnages et aussitôt illustrés : Broadway, Greenwich Village, Times Square, Roosevelt Hospital, Pick Slip Inn.

Dans la ville qui ne dort pas, *Deux Hommes dans Manhattan* fait voyager dans un New York d'éternité mythique, dans une vie sexuelle et cruelle, une vie sans enfants, une ville d'hommes où les femmes sont seulement les ombres du désir caché. Des stéréotypes, comme est stéréotype le regard de Melville, et même son être physique, sa silhouette lourde, son teint pâle, ses yeux cernés, et son intégrité réticente, qui le fait résister de justesse aux promesses de scandale proposées par Delmas.

Deux Hommes dans Manhattan. Le titre dit tout à fait la substance du film. Ils ne sont pas *à Manhattan*, mais *dans* le cœur de l'île, indissolublement liés à cet envers qu'on appelle la nuit, et qui offre le refuge intermittent de tabourets à la Hopper devant le zinc. Chercher obstinément quelque chose qu'on n'a pas tellement envie de trouver, mais obéir à une fuite prisonnière, et princière malgré toutes les équivoques, puisque engloutie dans la plus grande ville du monde, où la solitude s'oublie dans le courant de l'énergie.

Un dessin de Sempé. Mais autre chose aussi. Un poème onirique. New York sous la neige, au tout petit matin. La neige est partie intégrante de l'image de New York, souvent gelée, salie, accumulée en crête dure sur le bord des rues, des avenues. Mais là une couverture infiniment douce, enveloppante. Un espace immense qui s'ouvre et se referme à l'horizon en point de fuite. Une grande avenue. Disons la Cinquième, car Sempé ne lui donne pas de nom. Une scène impossible. La rue parfaitement déserte. Pas un taxi, pas un passant. Ou plutôt si. Moins qu'un passant : un personnage de Sempé, *le* personnage de Sempé, coiffé d'une casquette qui tient aussi du béret, engoncé dans son manteau, son écharpe. Il est planté sur le trottoir, sans doute à l'arrêt du bus – il y a un panneau au-dessus de lui. Le vide est tel que le passage d'un autobus paraît impossible. Une improbabilité qui est une caution : le bonhomme peut rester prostré, le regard vague, pénétré de ce paysage qui l'inclut et l'isole, où il semble perdu mais qu'il contient en même temps. Seules traces sur le trottoir, juste derrière lui : les quelques pas qui l'ont mené là, au bord des choses.

Voilà les seuls signes de passage : quelques empreintes de pas, et, au centre de l'avenue, quatre sillages de pneus ; deux voitures ont roulé depuis que la neige a cessé de tomber. Leurs tracés parallèles se croisent au fond, là où le ciel est encore enfumé, lourd et menaçant. Des pas, des pneus, des lignes parfaites et solitaires : c'est impossible, les traces pures dans New York n'existent pas, chaque tentative pour écrire son histoire est aussitôt recouverte, effacée par tous les autres pneus, les autres pas. D'ailleurs il n'y a aucune voiture. Juste, suspendue, au ciel, une succession de feux de signalisation en gris et noir qui finissent par se mêler, comme si l'autorisation, l'interdiction n'avaient plus cours.

Mais le plus vertigineux, c'est le silence. C'est beau, le dessin du silence. Un rêve, bien sûr à New York le silence n'existe pas. Mais c'est comme si toutes les rumeurs de la ville du bruit appelaient ce silence, ou bien en protégeaient.

Car il n'a rien de rassurant, le silence de la Cinquième Avenue sous la neige. Il fait planer une vibration impalpable, comme une fièvre où l'on pourrait s'engloutir ou se perdre. Une ville sourde au silence, où il faut se diluer dans la rumeur pour avancer. La tempête est passée, la neige devrait fondre ou bien geler. Mais sur le dessin de Sempé elle reste inentamée, comme une chance qui serait en même temps le pire des dangers.

On est dans le regard et dans l'hébétement du piéton incertain qui attendra son bus à l'infini. On le pénètre sans y croire, comme on replongerait dans l'enfance perdue.

Étrange peut-être pour un écrivain minimaliste de choisir New York comme sujet. Et paradoxalement logique. Le minimalisme, c'est transformer en sujet ce qui n'en est pas un. Mais si c'était aussi transformer en sujet pour soi ce qui est apparemment tout l'inverse ?

Le défi n'était pas concerté. Je n'ai pas désiré attaquer la face nord, ni relever une gageure. New York vivait tranquillement en moi depuis toujours, comme le rêve d'un roman parfait alors que je préfère les textes courts, ou comme l'idée d'un livre pour qui n'en écrira pas. New York. Un absolu d'éloignement quand je regardais l'image du Woolworth building dans la classe de Monsieur Brachet. Et puis New York devenue apprivoisée, si accessible, si possible. Je n'ai pas voulu ça. Les images de New York me sont venues tout au long des années. Mais pour le mot, l'idée, j'ai souhaité garder la distance. Il y a tant d'occasions d'être infidèle à son esprit d'enfance. Je n'ai pas voulu celle-là.

Un peu inespéré. Sentir toute la vie des billes préservées dans sa poche, ajouter ici et là une agate ou une goutte d'eau. Les regarder de temps en temps dans la lumière. Des billes transparentes, et dans chacune un signe de ce qu'il y a de plus grand, de trop grand. De ce mieux qu'impossible. On pourrait l'atteindre par avion, ou par bateau, ou plus profondément par l'autobus du Connecticut. Ou bien ne pas l'atteindre. New York.

DU MÊME AUTEUR

Le Bonheur, tableaux et bavardages
Le Rocher, 1986, 1998
et « Folio », n° 4473

Le Buveur de temps
Le Rocher, 1987, 2002
et « Folio », n° 4073

Les Amoureux de l'Hôtel de Ville
Le Rocher, 1993, 2001
et « Folio », n° 3976

L'Envol
Le Rocher, 1996
Magnard, 2001
et « Librio », n° 280

Sundborn ou Les Jours de lumière
Le Rocher, 1996
et « Folio », n° 3041

La Première Gorgée de bière
et autres plaisirs minuscules
Gallimard, « L'Arpenteur », 1997

La Cinquième Saison
Le Rocher, 1997, 2000
et « Folio », n° 3826

Il avait plu tout le dimanche
Mercure de France, 1998
et « Folio », n° 3309

Paniers de fruits
Le Rocher, 1998

Le Miroir de ma mère
(en collaboration avec Marthe Delerm)
Le Rocher, 1998
et « Folio », n° 4246

Autumn
Le Rocher, 1998
et « Folio », n° 3166

Mister Mouse ou La Métaphysique du terrier
Le Rocher, 1999
et « Folio », n° 3470

Le Portique
Le Rocher, 1999
et « Folio », n° 3761

Un été pour mémoire
Le Rocher, 2000
et « Folio », n° 4132

Rouen
Champ Vallon, 2000

La Sieste assassinée
Gallimard, « L'Arpenteur », 2001
et « Folio », n° 4212

Intérieur : Vilhelm Hammershoi
Flohic, 2001

Monsieur Spitzweg s'échappe
Mercure de France, 2001

Enregistrements pirates
Le Rocher, 2004
et « Folio », n° 4454

Quiproquo
Le Serpent à Plumes, 2005
et « Petits Classiques Larousse », n° 161

Dickens, barbe à papa
et autres nourritures délectables
Gallimard, 2005
et « Folio », n° 4696

La Bulle de Tiepolo
Gallimard, 2005
et « Folio », n° 4562

Maintenant, foutez-moi la paix !
Mercure de France, 2006
et « Folio », n° 4942

À Garonne
Nil, 2006
et « Points », n° P1706

La Tranchée d'Arenberg
et autres voluptés sportives
Panama, 2007
et « Folio », n° 4752

Au bonheur du Tour
Prolongations, 2007

Coton global
Circa 1924, 2008

Ma grand-mère avait les mêmes
Les dessous affriolants des petites phrases
« Points Le Goût des mots », 2008 et 2011

Quelque chose en lui de Bartleby
Mercure de France, 2009
et « Folio », n° 5174

Le Trottoir au soleil
Gallimard, 2011
et « Folio », n° 5403

Écrire est une enfance
Albin Michel, 2011
et « Points », n° P2976

Je vais passer pour un vieux con
et autres petites phrases qui en disent long
Seuil, 2012
et « Points », n° P3230

Les mots que j'aime
« Points Le Goût des mots », 2013

Elle marchait sur un fil
Seuil, 2014
et « Points », n° P4070

La Beauté du geste
Seuil, 2014
et « Points », n° P4668

Les Eaux troubles du mojito
et autres belles raisons d'habiter sur terre
Seuil, 2015
et « Points », n° P4422

Journal d'un homme heureux
Seuil, 2016
et « Points », n° P4687

Et vous avez eu beau temps ?
La perfidie ordinaire des petites phrases
Seuil, 2017
et « Points », n° P4932

L'Extase du selfie
et autres gestes qui nous disent
Seuil, 2019
et « Points », n° P5274

Le Buveur de temps
Romans & récits intimes
Robert Laffont, « Bouquins », 2020

La Vie en relief
Seuil, 2021

EN COLLABORATION AVEC MARTINE DELERM

Les chemins nous inventent
Stock, 1997
et « Le Livre de poche », n° 14584

Fragiles
Seuil, 2001 et 2010
et « Points », n° P1277

Les Glaces du Chimborazo
Magnard Jeunesse, 2002, 2004

Paris, l'instant
Fayard, 2002
et « Le Livre de poche », n° 30054

Elle s'appelait Marine
Gallimard Jeunesse, « Folio Junior », n° 901, 2007

Traces
Fayard, 2008
et « Le Livre de poche », n° 32381

Le Caractère de la bruyère
Albin Michel, 2011

Secrets d'albums
Seuil, 2016

Fragments vénitiens
Seuil, 2021

Ici
Seuil, 2021

POUR LA JEUNESSE

En pleine lucarne
Milan, 1995, 1998
et « Folio Junior », n° 1215

C'est bien
Milan, 1995
et Milan poche, « Tranche de vie », n° 37

Sortilège au Muséum
(illustrations de Stéphane Girel)
Magnard, 1996, 2004
et « Folio Junior », n° 1707

La Malédiction des ruines
Magnard, 1997, 2006

C'est toujours bien !
Milan, 1998
et Milan poche, « Tranche de vie », n° 40

Ce voyage
Gallimard Jeunesse, 2005

C'est trop bien
Milan, 2017

Pour les citations au fil du texte :

RÉALISATION : NORD COMPO À VILLENEUVE-D'ASCQ
IMPRESSION : NORMANDIE ROTO IMPRESSION S.A.S. À LONRAI
DÉPÔT LÉGAL : FÉVRIER 2022. N° 2106195
Imprimé en France